Kaya heeft een plan

GABY HAUPTMANN

Kaya heeft een plan

Uitgeverij Ploegsma Amsterdam

Voor mijn lieve dochter Valeska

'Van een edel paard waardeert men niet zijn kracht,
maar zijn karakter.'
Confucius

Kijk ook op:
www.ploegsma.nl

ISBN 978 90 216 6960 1 / NUR 283
Titel oorspronkelijke uitgave: *Kaya schießt quer*
© Baumhaus Verlag, Frankfurt 2005
© Tekst: Gaby Hauptmann
Omslagontwerp: Karin Hauptmann
Omslagfoto: Reinhard Schmid
Foto's en illustraties binnenwerk: Stock.XCHNG
Typografie omslag: Nancy Koot
Vertaling: Suzanne Braam
© Deze uitgave: Uitgeverij Ploegsma bv, Amsterdam 2011

MIX
Papier van
verantwoorde herkomst
FSC® C004472

Uitgeverij Ploegsma drukt haar boeken op papier met het FSC-keurmerk.
Zo helpen we waardevolle oerbossen te behouden.

Hoewel Lara haar concurrente was, leefde Kaya mee met elke sprong. Lara had een prachtige pony, zwart als de nacht, met een witte bles op zijn voorhoofd. Maar wat nog belangrijker was: hij kon fantastisch springen. De twee vlogen zo snel door het parcours dat het publiek de adem inhield. Vandaag ging het om tijd en fouten, en Black Jack was pijlsnel en maakte weinig of geen fouten.

Kaya stond – nog steeds diep onder de indruk – te kijken, maar eigenlijk had ze allang op haar eigen pony moeten zitten. Ze wist zeker dat Frits boos zou zijn, maar ze kon haar ogen gewoon niet van Lara en Black Jack losmaken. Nu kwamen de twee op de laatste combinatie af, een steilsprong met daarachter een enorme oxer, die voor Kaya zelf straks nog een flink probleem zou zijn, maar voor Black Jack een fluitje van een cent was.

Kaya had tot nu toe alleen maar van dit winnaarspaar gehóórd. Vandaag was het echter de grote dag waarop Lara en zij allebei mee mochten doen aan dezelfde springwedstrijd, de 'Bodenmeer Classics Ponycup'. Haar hart klopte wild van opwinding. Frits Lang, haar trainer, had eerder met haar het hele parcours doorgenomen, maar Kaya had zich nauwelijks kunnen concentreren op zijn aanwijzingen, zo trots was ze dat ze aan dit grote, internationale springconcours mee mocht doen.

En nu, nu… Kaya hield even haar adem in en blies hem proestend weer uit. Niet te geloven! De bovenste balk van de oxer viel eraf. Had Black Jack aan de teugel gerukt? Haar blik ging naar de klok. Lara was ontzettend snel, maar een overwinning zat er nu niet meer in!

Kaya sprong een stuk opzij, want ze stond midden in de ingang. Zo meteen zou de volgende ruiter binnenrijden terwijl Lara eruit zou komen. En daarnaast moest ze zich eigenlijk haasten. Maar toch was het raar dat Black Jack de balk eraf had geschopt. Bij een springwedstrijd in de A-klasse nog wel, de minst moeilijke! Voor hem was dat toch een peulenschil?

Lara schoot langs haar heen. Ze trok haar paard daarbij hard in zijn mond en sprong woedend van hem af. 'Wat een rotbeest!' schold ze boos. Ze liet Black Jack aan zijn verzorger over en verdween zonder verder nog een woord te zeggen in de deelnemerstent.

Kaya was geschokt. Ze vond Black Jack een beetje zielig. Het liefst was ze naar hem toe gelopen om hem te troosten, maar hij werd al meegenomen.

Een beetje verdoofd liep Kaya naar het omheinde stuk weiland waar de paarden werden losgereden en konden droogstappen en waar haar trainer, Frits Lang, al heftig naar haar stond te zwaaien. Ze had het geweten! Nu moest ze zich als een gek haasten, want anders vloog ze onmiddellijk weer uit de groep toprijders.

'Waar bleef je nou?' vroeg Frits boos. 'Er zitten nog maar zes ruiters voor je en je hebt zelfs nog niet één proefsprong gemaakt!'

Maar ik heb mijn pony toch al goed losgereden, wilde Kaya zeggen, maar ze slikte het weer in. Hij had natuurlijk gelijk. Dit was een grote kans voor haar, dus moest ze haar tijd niet verspillen aan dagdromen. Op zulke momenten moest je je hoofd erbij houden, zei Frits altijd, maar daarmee had ze juist veel moeite. Ze hield van dromen.

Kaya reed op Flying Dream, een donkerbruine pony die op zijn naam na niet speciaal opviel. Die van de manege was en die soms heel aardig sprong maar, afhankelijk van zijn humeur, soms ook helemaal niet.

Vandaag vond de ruin het allemaal spannend, al die vlaggen voor het internationale springtoernooi die in de wind wapperden, al die beroemde paarden die met hem door de bak draafden, al die mensen die enthousiast zaten te kijken, het grote terrein, de witte omheining – alles was hier mooi en duur, en leek in niets op de kleine manege thuis.

Kaya gaf haar pony liefkozende klopjes op zijn hals. 'Kom, lieverd, we zullen eens even laten zien hoe het moet!' Erg overtuigd klonk haar dappere uitspraak niet. Maar dat maakte uiteindelijk niet veel uit. Hoofdzaak was dat Flying Dream haar geloofde en zijn naam eer aandeed.

'Steil!' hoorde ze Frits roepen. Oké, daarmee werd zij bedoeld. 'Steilsprong vrij!' riep hij nog een keer om de anderen te laten weten dat ze nu aangaloppeerde. Dreamy, zoals ze Flying Dream in de manege noemden, zag de hindernis, zette zich af en sprong er gemakkelijk en vrij overheen. Zo, die was alvast gelukt. Kaya haalde opgelucht adem.

'Geef hem meer teugel!' hoorde ze Frits roepen. Tja, dat was haar probleem. Ze hield haar handen te stijf en daarom moest ze bij elke sprong ver naar voren naar de paardenmond, zodat Dreamy zijn hals beter kon strekken. Gemakkelijker gezegd dan gedaan. Elke keer nam ze het zich opnieuw voor en dan vergat ze het weer of was ze bang dat Dreamy plotseling bleef staan en zij in haar eentje over de hindernis vloog.

'Oxer vrij!' hoorde ze Frits nu roepen en ze voelde dat haar hart sneller ging kloppen. Ze was lang voor haar dertien jaar en Dreamy was met zijn 1.40 meter stokmaat al bijna iets te klein voor haar, maar toch zag zo'n hindernis er vanaf deze paardenrug anders uit dan vanaf de grote Black Jack. Daar was ze zeker van.

Dreamy deelde haar gedachte niet. Hij nam de hindernis alsof het niets was. 'Goed zo!' hoorde ze Frits roepen. Het gaf haar een gevoel van trots en ook zekerheid. Misschien maakte ze toch een kans?

Jeetje, hou op, zeg! Je doet voor de eerste keer mee, remde ze onmiddellijk haar optimisme weer af. Dit lukt je nooit. Of misschien toch?

Frits liet haar nog een keer de steilsprong en ook de oxer springen en toen riep hij: 'Goed! Genoeg! Ga nu in gedachten nog een keer het hele parcours langs. Denk aan de afstand, aan elke sprong en denk aan de galopsprongen tussen de combinaties. En dan kijk je in alle rust naar Chris. Die is direct vóór jou aan de beurt. Oké? Succes!'

O god, ze was bijna aan de beurt. Nu werd ze zenuwachtig. Ze keek nog een keer naar haar rechterbovenarm, waar op het zwarte rij-jasje haar groep 'Talenten Junioren' prijkte, en probeerde rustig te blijven. Zoals Meredith Michaels-Beerbaum, die in de volgende wedstrijd met Shutterfly een S-Parcours zou springen, of als Gerco Schröder, die met het grootste gemak de moeilijkste ritten reed.

Ze drukte haar hakken naar beneden, rechtte haar schouders en gaf Dreamy nog één keer met haar witte handschoenen aan een aai over zijn hals. 'Je kunt het,' fluisterde ze tegen de pony. 'Als het ons lukt, krijg je vier wortels tegelijk van me!' En als het je niet lukt, krijg je ze ook, dacht ze, maar dat hoefde hij natuurlijk niet te weten.

Bij het scorebord zwaaide iemand naar haar. Dat was Claudia, de eigenaresse van de manege thuis. Nu werd startnummer 312 voor de volgende ruiter aangekondigd. Dat was haar nummer. Ze was zo aan de beurt. Hopelijk is 312 een geluksgetal, dacht ze. Claudia stak twee duimen in de lucht. 'Succes!' Toen reed Kaya langs haar heen, over het grind naar de ingang van het parcours.

Ooo, zo veel mensen! En dan ook nog die tv-camera's, die natuurlijk niet haar Ponycup uitzonden, maar die cr wel heel indrukwekkend uitzagen. En dat reusachtige scorebord! Alles was hier zo professioneel, dat je alleen van het kijken ernaar al doodzenuwachtig werd. Maar nu kon ze niet meer terug.

Chris' naam verscheen op het scorebord en de naam van zijn merrie. De muziek vuurde hem aan en de presentator vertelde wat Chris Waldmann allemaal had gepresteerd in de paardensport. Hij was vijftien en was op zijn vijfde begonnen met paardrijden.

Dan rijdt hij net zo lang als ik, dacht Kaya. Ze keek geboeid naar het reusachtige scherm, waarop Chris nu met zijn pony levensgroot te zien was. Niet te geloven! Zo meteen zullen ze mij ook zo zien, dacht ze en ze klopte Dreamy geruststellend op zijn hals. Maar ze merkte onmiddellijk dat ze niet de pony, maar zichzelf moest kalmeren. Dreamy was de rust zelf. Dat wil zeggen, hij zag eruit alsof hij bijna in slaap viel: hij hield zijn hoofd omlaag en zijn oren hingen. Niet echt een leuk gezicht voor een tv-camera.

'Hé, Dreamy, straks moeten wij,' probeerde ze hem op te vrolijken, maar dat maakte maar weinig indruk op de pony met zijn twaalf jaar ervaring. Pas als het lek omhoogging, begon het voor hem, niet eerder.

Chris had al vijf van de twaalf sprongen gehaald en pas nu viel het Kaya op dat die Chris dé Chris moest zijn. De Chris met wie ze een half jaar geleden tijdens de kerstrit had staan praten en die ze toen heel leuk had gevonden. Hij reed niet bij haar manege. Door de cap was van zijn wilde, blonde haar nauwelijks meer iets te zien, maar hij was het wel, dacht ze. Ze keek nog een keer naar het enorme scherm waarop de toeschouwers de rit van zeer dichtbij konden volgen. En ja, nu wist ze het zeker: hij was het inderdaad!

Haar hart begon nog sneller te kloppen. Zijn rit ging goed, snel en vloeiend. Hij had een perfecte zit, ging met zijn handen correct mee met de sprong… hij was echt héél goed.

Ze voelde dat er iemand naast haar stond en keek opzij. Het was Frits. Dat maakte haar nog nerveuzer.

'Denk aan je handen,' zei hij. 'Je moet Dreamy niet storen in zijn bewegingen.'

'Nee. Ja. Ik zal eraan denken,' antwoordde ze. Ze raakte nu helemaal de kluts kwijt. Straks zou Chris haar kant op rijden, ze zouden elkaar bij de smalle ingang passeren, ze zouden elkaar aankijken… en dan was ze helemaal alleen op de wereld, weerloos overgeleverd aan de mensen, de camera's en de stopwatch.

Haar hoofd was volkomen leeg, iets wat ze ook voelde vlak voor een wiskunderepetitie. Dan had ze ook het gevoel dat haar geheugen helemaal blanco was, terwijl ze kort daarvoor nog alles wist en alles snapte.

Chris was snel. Hij reed goed, maar ook hij trok aan de teugels. In ieder geval bij de laatste combinatie. Zijn pony nam de bovenste balk van de steilsprong mee. Kaya hield haar adem in, maar de merrie herstelde zich en kwam gelukkig verder goed over de oxer.

Dat zal Lara wel fijn vinden, dacht Kaya. Op dat moment hoorde ze de vlakke hand van Frits op Dreamy's achterhand en zijn stem die zacht zei: 'Vooruit! Wakker worden!'

Ze ging goed rechtop zitten, nam de teugels korter en drukte haar hielen even tegen Dreamy's buik, zodat de pony begreep wat ze hem wilde zeggen: we gaan ervoor!

Chris kwam hun tegemoet rijden en ze kon er niks aan doen, ze moest naar hem kijken. Hij zag er fantastisch uit, maar ze was vooral benieuwd of hij zijn pony net als Lara nu ook zo achterbaks zou bestraffen, want dan knapte ze ter plekke op hem af.

Nee, ze zag niets, ze kon ook niets meer zien, want nu waren alle ogen op haar gericht en moest ze zich concentreren. En toen ging het opeens allemaal vanzelf: in draf de bak in, stoppen, de jury begroeten, dan aangalopperen, zich oriënteren, opnieuw één worden met de pony, dan aansporen, langs de foto-elektrische beveiliging bij de start, op de eerste hindernis af. Het was een bakstenen 'muur' van beschilderd triplex, links en rechts mooi versierd met bloemen. Nu kon ze alleen nog maar hopen dat alles zou lukken. Dreamy nam wel een aanloop, maar niet echt goed. Misschien vond hij de sappige bloemen aantrekkelijker dan de sprong. In elk geval moest Kaya hem behoorlijk hard aansporen. Ze mochten het overal opgeven, maar niet al bij de eerste sprong!

'Kom op, springen!' schreeuwde ze, en dat deed Dreamy. Hij trapte na de sprong nijdig met zijn rechterachterbeen in de lucht. Blijkbaar had iets hem geïrriteerd.

'Dóór, Dreamy! Dóór!' riep ze. Ze spoorde hem opnieuw aan. Ze dacht niet meer aan de rijen mensen op de tribunes. Ze dacht niet meer aan het reusachtige videoscherm waarop ze levensgroot te zien was, ook voor de toeschouwers op de achterste rijen. Ze dacht ook niet meer aan alle wijze raad van Frits, of aan haar zenuwen. En ze dacht zelfs niet meer aan Chris! Nu telde alleen Dreamy nog, die ze vast onder zich voelde; zijn bewegingen, zijn spieren, zijn goede houding en zijn wil om te winnen. En ze voelde haar eigen wil om te winnen.

De volgende twee sprongen waren niet moeilijk, alleen waren de aanlopen wat lang voor Dreamy's korte benen. Hij had niet die grote galop van bijvoorbeeld Black Jack, hij was gewoon niet zo groot. Maar hij kon wel heel ambitieus zijn als hij wilde. En nu wilde hij. Na het wat moeilijke begin voelde Kaya dat hij steeds meer vaart kreeg. De hindernissen kwamen steeds sneller op haar af, waardoor het voor haar leek of ze het parcours in één lange, vloeiende beweging reed. Daar was de laatste combinatie al. 'Denk erom,' had Frits haar ingeprent, 'vier galopsprongen voor Dreamy.' De andere, grotere pony's konden het met drie af. Dreamy sprong flitsend over de blauw-witte steilsprong. Kaya vergat te tellen, maar had het gevoel dat hij maar drie galopsprongen had gemaakt, toen hij zich alweer afzette en over de oxer vloog.

Alle balken bleven liggen.

Ze boog zich naar voren, gaf Dreamy meer teugel en schreeuwde boven het geroffel van zijn hoeven uit: 'Lopen, Dreamy, lopen!' En hij liep, alsof hun leven ervan afhing, en wilde ook niet ophouden toen ze al lang over de finish heen waren en ze Frits vanaf de ingang hoorde bulderen: 'Foutloos, Kaya! Geweldig!' Op dat moment schetterde de fanfare het riedeltje waarmee een foutloze rit werd bekroond en ze omhelsde Dreamy in volle galop, lachend en zielsgelukkig.

Ze waren niet het snelst geweest, maar ze hadden zich geplaatst! Vóór Lara en vóór Chris! Niet te geloven! Ze lachte nog steeds en gaf de pony maar klopjes op zijn hals tot hij onwillig zijn hoofd schudde. Toen reed ze het parcours uit.

Daar stond Frits met een glimlach van oor tot oor. Hij kwam naar haar toe en klopte haar op haar bovenbeen. 'Goed gedaan!' En Claudia trok haar van enthousiasme bijna van Dreamy af. 'Fan-tas-tisch!' jubelde ze op dezelfde toonhoogte waarop Frits een paar minuten daarvoor nog 'Succes!' had geroepen.

'Ik kan het zelf nog niet geloven,' zei Kaya waarna ze zich stralend van Dreamy's rug liet glijden, hem op zijn neus zoende en haar belofte van de vier wortels herhaalde.

'Je bent derde!' riep Claudia enthousiast, en nu kwamen ook een paar van haar verzorgers aanrennen die Kaya verbaasd feliciteerden.

'Rustig! Rustig!' zei Kaya, gebarend en met een knoop in haar maag. 'Er moeten er nog vijf! Ik kan nog een heel eind zakken!'

'Maar van die vijf zal niemand je nog inhalen, denk ik,' zei Claudia en Kaya slaakte een hoopvolle zucht. Ze wist dat veel mensen datzelfde vijf minuten geleden ook over haar hadden beweerd. Ze had het vijf minuten geleden zelfs nog over zichzelf gezegd! Maar nu stond ze hier met Dreamy, de twaalfjarige manegepony, die van Lara's 60.000-euro-pony had gewonnen! Dat was zo'n ongelooflijke gedachte en zo'n onbeschrijflijk gevoel, dat ze het maar nauwelijks kon geloven. Was het echt, écht waar?

'Je eerste wedstrijd bij de topruiters is prachtig gelukt!' Dat was meneer Zonnig, de vader van Minka die met twee tienden van een seconde vóór haar op de tweede plaats was geëindigd. Maar Minka had al heel lang een eigen pony en ze zat al een eeuwigheid bij de topruiters. Daarnaast had ze het geluk dat haar ouders er altijd bij waren. Ze reden met Minka alle wedstrijden in de streek af, de hele zomer door, en maakten alle successen en nederlagen van hun dochter van dichtbij mee.

Kaya's ouders hadden helaas nooit tijd in het weekend. Ze hadden een klein, maar goed restaurant. Ze wilden dat niet zomaar aan het personeel overlaten en zeker geen hele dag.

Kaya zette haar cap af en streek even over haar haar. Het leek erop dat haar knot nog zat, maar het zag er natuurlijk rommelig uit. Gelukkig was dit geen dressuurwedstrijd, waarbij zo'n warrige bos haar niet als wild, maar gewoon als heel slordig werd beoordeeld.

Dreamy gaf haar een por met zijn neus en veegde zijn met schuim bedekte mond af aan haar mouwen, waar ze alleen maar om kon lachen. Ze stak haar hand onder de manen van de pony en keek recht in de donkere ogen die ze zo prachtig vond. Wat zou Dreamy nu denken? Zou hij eigenlijk iets denken? Zou hij net zo trots zijn als zij?

'Zijn je ouders hier? Zitten ze ergens op de tribune?'

Oei, dat was tegen het zere been. Minka's vader had meteen de pijnlijke plek te pakken.

'Nee, ze hebben geen tijd,' antwoordde Kaya vlug.

'Wat jammer. Het was werkelijk een opzienbarende rit!' Meneer Zonnig glimlachte breed. 'Zoals jij Dreamy aanvuurde! Top!' Hij wees op zijn videocamera. 'Ik heb het opgenomen. Als je wilt, maak ik een kopie voor je ouders.'

'Dat zou ik geweldig vinden!'

Hoewel andere meiden meestal jaloers op haar waren omdat ze tenminste geen betuttelende ouders bij zich had, vond Kaya het op zulke momenten toch niet leuk dat ze er niet bij waren.

Minka kwam bij hen staan. Ze had haar pony, Luxury Illusion, aan de teugel. Het was een opvallend mooie schimmel. 'Er moeten er nu nog drie,' zei ze met een veelbetekenende blik naar Kaya. 'Er kan eigenlijk niet veel meer gebeuren...' Ze gaf haar vader de teugels van haar paard en liep naar het parcours om naar de laatste deelnemers te kijken. Kaya kon dat niet, ze vond het te moeilijk. Ze vertrouwde op de oude wijsheid dat dingen niet gebeuren als je simpelweg niet wilt dat ze gebeuren. En ze wilde nu absoluut niet dat iemand een betere rit zou rijden dan zij had gedaan, dus probeerde ze zichzelf af te leiden.

'Vandaag heeft Dreamy het werkelijk fantastisch gedaan,' hoorde ze Claudia achter zich tegen meneer Zonnig zeggen.

'Nou!' was het antwoord van meneer Zonnig. 'Dit zou echt een goed moment zijn om over een verkoop na te denken. Een derde plaats bij de Bodenmeer Classics Ponycup – dat klinkt in elk geval goed!'

Kaya draaide zich onmiddellijk om. Wat een onzin, dacht ze, ze maken vast een flauwe grap. Je verkoopt toch geen pony van twaalf die net zó voor iemand zijn best heeft gedaan? Dat zou puur verraad zijn.

Minka kwam opgewonden aanlopen en vloog Kaya om de hals. Haar donkerbruine krullen wipten vrolijk onder haar cap uit en kriebelden Kaya in haar gezicht. 'Gefeliciteerd,' zei ze. 'Annette was tot en met de laatste sprong snel en zonder fouten, maar uiteindelijk viel de laatste balk er toch nog af.'

Kaya lachte opgelucht. Het was gelukt! 'Jij ook gefeliciteerd,' zei ze en toen klommen ze allebei op hun pony voor de huldiging van de winnaars.

'De laatste combinatie was lastig,' zei Claudia en ze feliciteerde de twee meisjes. 'Fantastisch, jongens! Na de huldiging trakteer ik jullie op iets lekkers!'

Claudia was een volbloed paardenvrouw. Haar hele leven was ze al met paarden bezig geweest en op een bepaald moment had ze haar hartstocht als een roeping gevoeld en had ze er haar beroep van gemaakt. Nu had ze met haar man een kleine manege, waar het gezellig was en niet al te professioneel. Het was een van die kleine maneges die ooit begonnen met een paardenstal en een buitenbak en die dan stukje bij beetje uitbreidden. Ten slotte groeide alles een beetje uit zijn voegen. De binnenbak was te klein, en het omheinde stuk weiland buiten eigenlijk ook, de paarden stonden er vaak op elkaars lip. Maar voor Kaya was het een soort tweede thuis. Als ze eerlijk was, vond ze de hooizolder in de stal leuker dan haar eigen kamer thuis. In de zomer mochten ze daar regelmatig slapen. Dan kon je door de kleine spleten tussen de dakpannen de sterren zien. Het hooi kriebelde en stak, en het rook er naar warm grasland. Dan lag ze daar met de andere meisjes en ze vertelden elkaar de nieuwste verhalen en giechelden of kregen de slappe lach vaak tot diep in de nacht. Daar kon ze alles wat haar dwarszat vergeten.

Meneer Zonnigs stem haalde haar uit haar gedachten: 'Oké, meiden! Laat ons eens een mooi ererondje zien!' Hij zwaaide met zijn camera.

Kaya en Minka reden in draf naast elkaar het parcours op, en pas toen drong echt tot Kaya door wat dit eigenlijk was: dankzij de inspanningen van de organisatie was dit een van de zeldzame gelegenheden waarbij jongeren op een grote wedstrijd mochten uitkomen. En niet 's morgens vroeg om zeven uur, als alle toeschouwers nog sliepen, maar op een belangrijk tijdstip: bij de koffie met taart en volle tribunes. En zo waren hier niet alleen de beste topruiters uit de paardrijsport, maar ook jongens en meisjes uit de hele streek die onder de algemene voorwaarden van de topruiters een kleine A-springwedstrijd mochten uitvechten. En dat alles maakte weer deel uit van de internationale springwedstrijden. Het was een wonder… En zij, Kaya, was erbij en had zich zelfs geplaatst. Dat was een wereldwonder!

Kaya's naam en die van haar pony werden omgeroepen. Ze reed naar voren om met Dreamy naast de winnares en naast Minka te gaan staan. En toen zag ze hem. Hij stond achter de organisatoren en de juryleden, die de winnares feliciteerden, de amazones bloemen gaven en de pony's hun rozet aanspelden. Geen twijfel mogelijk: dat was Chris. Hij stond losjes tegen de witte reclameborden van de omheining geleund, had een cola in zijn hand en keek haar aan. Hij keek haar aan! Kaya viel bijna van haar paard. Opeens schoot haar weer te binnen dat haar haar volkomen in de war zat, dat haar neus te groot was voor haar gezicht en dat haar ogen te diep lagen. Dat kun je heel goed met make-up bijwerken, had haar zus gezegd. Ze was vier jaar ouder dan Kaya en in zulke dingen altijd heel goed.

Zou ze naar hem glimlachen? Kaya voelde zich nogal onzeker. Keek hij wel echt naar haar? Of keek hij naar Minka, die vlak naast haar stond? Kaya keek even voorzichtig naar haar buurvrouw. Minka's gezicht was veel zachter en meisjesachtiger. Maar of dat bij een meisje van dertien zo leuk was? Een beetje stoer mocht je ook wel zijn. En tenslotte was je als tiener al bijna volwassen, toch? Ze keek snel weer voor zich uit en had bijna het startsein voor het ererondje gemist. Zou ze hem de bloemen toegooien die ze net had gekregen? Nee, dat was belachelijk, hoe kon ze zoiets krankzinnigs bedenken? Misschien, hopelijk, bleef hij nog een poosje.

Dreamy genoot zichtbaar van de hele sfeer. Met opgeheven staart en wapperende manen ging hij rechtop achter Luxury Illusion staan, en ook Kaya liet zich nu meeslepen. Op het laatste, rechte stuk voor de uitgang spoorde de winnares, een meisje van zestien uit Zwitserland, haar pony aan en Kaya en Minka joegen zo hard achter haar aan dat ze nog een klein extra rondje moesten rijden om hun paarden weer in het gareel te krijgen. De mensen in de tenten, op de tribune en op de grashelling klapten staande mee op de maat van de muziek en Kaya voelde zich opeens zo blij en trots dat de tranen haar in de ogen sprongen. Zo'n moment moest voor altijd duren, dacht ze, en ze keek op weg naar de uitgang nog even om. Dat is de grote, wijde wereld, dacht ze. Dat is mijn wereld. En ze zwoer bij zichzelf dat ze in de toekomst ging leven in die grote, wijde wereld.

Claudia hield zich aan haar belofte en nodigde hen uit Minka en haar vader gingen mee, en ook een paar anderen uit de rijstal – Frits voorop, die zichtbaar goed gehumeurd was.

Ze hadden eerst Dreamy en Luxury Illusion uitgebreid verzorgd en in de trailer gezet, waar de paarden nu aan het hooi knabbelden en door de bovenste helft van de deur naar buiten konden kijken. Kaya was al haar wortels kwijtgeraakt, niet alleen aan Dreamy maar ook aan Minka's pony, want ze wilde ze eerlijk verdelen. Intussen was ze steeds maar bang dat ze Chris zou missen en daarom maakte ze een beetje haast. Zelfs het afhalen van de prijs die ze had gewonnen was haar te veel, dat wilde ze liever later doen.

'Het is vast een hoofdstel,' probeerde Minka haar te lokken. 'Roze! Of lichtblauw!'

Maar Kaya had er geen zin in. 'Die prijs blijft heus wel liggen. Laten we naar de tent gaan! Ik sterf van de dorst.'

Maar eigenlijk dacht ze alleen maar aan Chris. Moest ze naar hem toe gaan, als hij er inderdaad nog was? Heel gewoon doen, alsof ze oude bekenden waren? Of alleen maar vanuit de verte naar hem lachen? Of hem links laten liggen, zodat hij de eerste stap moest zetten? Maar wat als hij helemaal geen eerste stap wilde zetten, als ze zich vergist had? Misschien herkende hij haar helemaal niet meer. Het rijden met Kerst was tenslotte al weer even geleden en het was schemerig geweest. Ze had tijdens haar optreden in de springquadrille naast hem gestaan, maar hadden ze toen eigenlijk met elkaar gepraat? En zo ja, waarover dan?

Het gebeurde vaker dat ze de werkelijkheid en haar fantasie door elkaar haalde. Dan wist ze niet meer zo precies wat er eigenlijk waar was en wat niet. Had ze die avond voor ze ging slapen niet gefantaseerd dat hij haar iets te drinken had aangeboden, dat ze over allerlei dingen samen hadden gelachen en dat hij het op het eind jammer had gevonden dat hij niet bij dezelfde manege reed als zij, en dat hij zelfs had gezegd dat ze erover na moesten denken hoe ze elkaar toch konden terugzien?

Maar nu was ze daar niet meer zo zeker van. Misschien had hij gewoon zwijgend naast haar gestaan en vond hij haar helemaal niet leuk of interessant. Misschien vond zij hém alleen maar heel leuk. Dat zou vreselijk zijn.

Claudia had een ronde tafel uitgezocht en bestelde net een rondje cola met friet bij het buffet. Kaya bekeek de mensen in de tent nauwkeurig. Ze had de knot uit haar haar gehaald en omdat ze geen borstel bij zich had, had ze met haar vingers een paar keer door haar donkerblonde haar gestreken, waardoor het iets voller op haar schouders viel. Meer kon ze nu niet doen aan haar uiterlijk. Haar make-upspullen had ze thuis gelaten; vanmorgen was het veel te vroeg geweest om make-up op te doen en sowieso pasten make-up en paardrijden op de een of andere manier niet bij elkaar. Maar nu had ze toch graag haar mascara bij zich gehad of in elk geval een zwart eyelinerpotlood.

Wacht, daar zag ze hem!

Hij stond met de zestienjarige winnares te praten die op dat moment haar lange, stroblonde haar naar achteren gooide. Ze lachten ergens om. Dat bezorgde Kaya een steek. Dat meisje is toch veel te oud voor hem, dacht ze. De moed zonk haar onmiddellijk in de schoenen. En haar derde plaats was opeens nog maar half zo veel waard. Hoe kon dit gebeuren? Dat mens kwam uit Zwitserland hierheen, won de Ponycup en pikte daarna ook nog de leukste jongen die ze ooit ontmoet had voor haar neus weg.

Die avond lag Kaya thuis op de bank in haar kamer en maakte plannen. Muziek knalde uit de boxen en ze hield er rekening mee dat haar ouders elk moment konden komen klagen, maar dat kon haar nu niets schelen. Eerst moest ze haar mengelmoes aan gevoelens verwerken en op een rij krijgen.

Ze was aan de ene kant zielsgelukkig met haar derde plaats, een succes dat ze bij deze wedstrijd totaal niet had verwacht. Ook had ze het erg leuk gevonden om Chris weer te zien. Aan de andere kant zat zijn houding in de feesttent haar dwars. Hij had gedaan alsof ze niet bestond.

Ze was, met de smoes dat ze nog wat ketchup wilde, vlak voor hem langs naar het buffet gelopen. Maar hij had haar volkomen genegeerd, had zelfs niet vluchtig opgekeken. Terwijl hij toch bij de ereronde heel duidelijk naar haar, Kaya, had gekeken! Of was hij misschien scheel?

Ze was net zo boos op hem geweest als eerder al op Lara vanwege Black Jack, en ze had hen allebei graag een schop onder hun kont gegeven als dat enige zin had gehad. Het was echt een rotstreek van Lara geweest, dacht ze nog steeds, zoiets deed je gewoon niet. Zo ging je niet met paarden om. Waarschijnlijk was het zelfs Lara's eigen fout geweest en helemaal niet die van haar pony. Ze had hem geen lange teugel gegeven, zodat hij zijn hals niet kon strekken.

En met Chris, was dat misschien haar eigen fout? Hij had naar haar geglimlacht en zij had niet naar hem teruggelachen – en pas daarna was hij met die Zwitserse berggeit aan de praat geraakt. Strafte hij haar door haar geen blik meer waardig te keuren?

Ze stond op en liep naar de spiegel. Goed, ze was gespierd, maar slank, had mooie, rechte benen, geen dikke kont en kleine borsten. Waren die misschien te klein? Ze draaide zich half om en trok haar dunne T-shirt omhoog. Ze had een keurig platte buik, niets mis mee. Geen wonder óók, want haar vader had een hekel aan fastfood en een bloedhekel aan cola. Die dronk Kaya dus alleen buitenshuis. Maar haar borsten, ja daar kon best nog iets bij. Dat was haar tot nu toe nog niet zo opgevallen, omdat al haar vriendinnen er ongeveer zo uitzagen als zij, maar ja, die zestienjarige Zwitserse had meer. Héél veel meer!

Kaya trok haar T-shirt weer naar beneden en liep dichter naar de spiegel toe. Haar neus was aan de grote kant, oké, maar dat zou wel bijtrekken had de huisarts pas geleden nog gezegd. De proporties in haar gezicht zouden met de jaren nog veranderen. Dus dat hoopte ze maar. Haar lippen waren wel mooi gebogen. Ze had echt een mooie mond en als ze wat lipgloss opdeed, viel haar neus ook niet meer zo op, maar haar diepliggende ogen des te meer. Ze waren mysterieus, had een jongen op school haar een keer verliefd toegefluisterd, maar die was pas twaalf en niet voor het leven, zeg maar. Ze vond haar ogen ook wat scheef staan, een beetje als de ogen van een barbiepop. Sina, haar beste vriendin, die prachtige blauwe ogen had en niet zulke donkere als zij, vond zelfs dat ze haar deden denken aan de ogen van een trouwe Pekinees. Kaya wilde niet de ogen van een Pekinees hebben, maar Sina had er alleen maar om gelachen. Ze had zelf toch ook hondenogen, zei ze, Husky-ogen. Dat was typisch Sina: alsof je een Husky met een Pekinees kon vergelijken. Maar daar stond wel weer tegenover dat Sina nog kleinere borsten dan Kaya had.

Kaya draaide een kleine pirouette en nam toen een besluit. In de kamer van haar oudere zus Alexa, die weer eens op pad was, zocht ze naar een bh en onder alle troep vond ze er ook eentje die voorgevormd was. Ze deed haar best om alles zo achter te laten dat Alexa niets zou merken van haar zoektocht, want voor zulke acties was Kaya's zus allergisch.

Kaya liep vlug terug naar haar eigen kamer en draaide de deur voor de zekerheid achter zich op slot. Daarna ruilde ze haar eigen kleine bh met bloemetjes tegen de zwarte van haar zus.

Dat zag er goed uit! Kaya draaide op de maat van de muziek voor de spiegel rond. Haar borsten sprongen nu – in verhouding met haar smalle bovenlijf – iets te veel in het oog. Maar zulke bh's werden toch door alle rijke meiden gedragen? Die stopten zelfs extra schuimrubber in de cups. Kaya wilde alleen maar kijken hoe deze bh haar stond.

Ze trok haar trui ook nog even aan, draaide zich opzij en hield haar adem in. Dit stond echt fantastisch. Als ze met deze bh aan naar Dreamy ging, zou ze hem waarschijnlijk prikken met de punten. Ze tikte er met haar vinger tegen. Ho! Stom. Nu zat er een deukje in haar borst. Toch, als ze zo langs Chris was gelopen had hij haar zeker nagekeken en was hij die stomme Zwitserse misschien wel vergeten.

'Beoordeel een vrouw alsjeblieft niet altijd alleen maar op haar cupmaat!' Dat zei haar moeder vaak tegen haar vader als hij weer eens bij de klapdeur stond tussen de keuken en het restaurant. Dan keek hij graag naar vrouwen in allerlei soorten en maten en had daar dan commentaar op. Kaya vond de uitspraak van haar moeder altijd een beetje overdreven, zo geëmancipeerd. Alle vriendinnen van haar moeder waren zo. Maar nu vond Kaya die uitspraak lang niet zo slecht meer. Waarschijnlijk wist haar moeder precies waar ze het over had.

Kaya trok het zwarte gevaarte weer uit. Zo hé! 85C stond erin. Onmiddellijk weg met het ding, terug in de la bij Alexa.

Ze liep over de donkere gang, de bh tussen haar duim en wijsvinger heen en weer zwaaiend, en ja hoor, daar hoorde ze haar zus de trap op komen. Dat was ook vette pech! Ze verstopte de bh vlug achter haar rug, maar Alexa vermoedde al iets.

'Is er misschien iets wat ik moet weten?' vroeg ze achterdochtig, zoals alleen oudere zussen dat kunnen vragen.

Ze droeg op haar strakke jeans een zwarte top die haar navel vrijliet en zag er uitdagend sexy uit. Mam zou haar zo nooit de straat op hebben laten gaan, dacht Kaya.

'Heb jij je navel laten piercen?' probeerde ze Alexa af te leiden. 'Dan zal je mam horen, want dat vindt ze never nooit goed!'

'Vindt ze wel!'

'Geloof ik niet!'

'Vraag het haar maar!'

Ze stonden recht tegenover elkaar. Kaya was maar een paar centimeter kleiner dan Alexa, die er met haar zeventien al uitzag als een twintigjarige volwassene.

'En hoe heb je dat voor elkaar gekregen?'

'Heel simpel, ik ga weer op pianoles!'

'Een ordinaire onderhandeling dus!' zei Kaya verontwaardigd.

'En wat doe jij voor je paardrijden?'

'Wat bedoel je?'

'Als tegenprestatie voor pap en mam. Nou?'

Kaya kon niets bedenken.

Alexa zuchtte. 'Tja, zo zie je maar weer. Het kuiken uit het nest kríjgt gewoon alles. Net zo makkelijk! En wij groten moeten daar eerst voor vechten!'

Ze haalde langzaam een hand door haar roodbruine haar, dat ze de week daarvoor tot een scheef pagekopje had laten knippen, en gebaarde met de wijsvinger van haar andere hand als de heks uit Hans en Grietje. 'En geef me nu eindelijk mijn bh terug. Die past je toch niet!'

Shit, de afleidingsmanoeuvre was mislukt.

'Gemeen kreng!' Kaya slingerde haar zus de bh toe en

wilde vlug terug naar haar kamer, maar ze had niet op Alexa's heftige reactie gerekend. Die greep haar bij haar haar en hield haar vast. 'Zeg dat nog eens!'

'Je bent een kreng!' Kaya probeerde zich te verweren, maar kreeg Alexa's hand niet te pakken. Daarom trapte ze achteruit, waar Alexa alleen maar om moest lachen. 'O, gaan we pony'tje spelen? Een pony met borsten?' pestte ze.

Dat was gemeen. Tot haar eigen en Alexa's verbazing barstte Kaya in tranen uit.

Alexa liet haar zusje los, draaide haar om en vroeg: 'Wat heb jij nou?'

'Ach, niets,' snotterde Kaya. Ze vond zichzelf opeens heel stom en was het liefst weggerend. 'Het is allemaal niet zo gelopen als ik… ik ben samen met Dreamy derde geworden!'

'Maar zusje, dat is toch super, gefeliciteerd, dan ben je bijna even goed als ik! Daar hoef je toch niet om te huilen? Je moet juist blij zijn!' Alexa sloeg haar armen om Kaya heen en drukte een zoen op haar voorhoofd. 'Wat zeggen onze twee werkpaarden beneden ervan?'

'Nog niets. Het is nu heel druk. Ze weten het nog niet…'

'Typisch, zal je altijd zien!' Alexa keek Kaya even aan. 'Maar wat goed van die derde plaats!' Ze stak de zwarte bh als een trofee in de lucht. 'Als je hem nodig hebt, mag je hem lenen! Erewoord!'

Af en toe was Alexa echt aardig. En van paarden had ze ook veel verstand. Ze was in elk geval na het behalen van haar havodiploma een tijdje serieus aan het paardrijden geweest. Eerst bij hun 'oom' Kurt, die veel geld en fantastische paarden had, en toen door zijn bemiddeling bij een van de beste springpaardeninstructeurs, van wie ze veel leerde en met een werkelijk goed paard, Chicola, op toernooi had mogen gaan. Alexa had enorm genoten van deze time-out, maar hun ouders vonden dat paardrijden niet alles was in het leven en floten haar terug.

Nu ging ze weer naar school, ze deed dit jaar eindexamen vwo en had geen mogelijkheid meer om te rijden. Voor een eigen paard was er geen geld en de paarden uit Claudia's manege waren vooral voor de vrije tijd bedoeld. Af en toe mocht ze er een meenemen voor een buitenrit en van haar spaargeld huurde ze ook wel eens een van de huurpaarden, maar ze werd er elke keer verdrietig van, omdat ze dan aan Chicola dacht en bijna ziek werd van verlangen.

Een ding wist ze in elk geval maar al te goed: zonder geld moest je volgens haar helemaal niet aan paardrijden beginnen, want anders was je altijd afhankelijk van andere mensen. Het kon gebeuren dat een paard zo onder je kont vandaan werd verkocht, of je er succes mee had of niet en los van hoeveel je van hem was gaan houden, en dat wilde ze nooit meemaken. Alexa wilde nu een goede studie gaan volgen, een baan zoeken en dan beginnen met sparen. En dan zou ze een eigen paard kopen. Dat was haar doel en ze wist zeker dat de vriend van haar vader, die zij en Kaya sinds hun kinderjaren 'oom Kurt' noemden, daarbij zou helpen.

Kaya was stilletjes verdwenen. Eigenlijk vond Claudia het

helemaal niet goed als jonge ruiters in hun eentje een buitenrit maakten, omdat er altijd iets kon gebeuren. Het had
met haar aansprakelijkheid als eigenaresse van de manege
te maken en met de verzekering die in geval van schade
niet zou betalen als ze zonder geautoriseerde begeleiding
onderweg waren.

Kaya ergerde zich aan al het gedoe dat elke keer om de
hoek kwam kijken als ze spontaan naar buiten wilde met
Dreamy. Wat was er mooier dan alleen met een paard onderweg te zijn, door de bossen te rijden, over weilanden
te galopperen, over slootjes te springen en heel hard voor
hem te zingen en hem te horen briesen? Maar tegen-
woordig stond in elke wei wel een boer tegen je te schel-
den en in elk bos een boswachter met opgestoken, ver-
manende wijsvinger. Je had een nummer nodig voor het
paardenhoofd en een zak voor de achterkant en als een
paard ooit keer even wilde zwemmen in een meertje, viel
dat meteen onder het thema milieuverontreiniging. Ach,
het was allemaal even tegenstrijdig. Kaya's opa had nog
verteld hoe ze de koudbloedpaarden uit de omheinde wei
naar huis hadden gereden, met alleen een halster, en zelfs
Alexa had toegegeven dat ze het bij oom Kurt precies zo
had gedaan, hoewel het eigenlijk verboden was. Dromen,
dat mocht nog. Maar als iemand zijn of haar dromen wilde verwezenlijken? Dan was dat een heel ander verhaal,
en was er opeens een lange lijst vol formaliteiten en stomme regels.

Kaya had haar cap opgezet, en voor het geval dat een
mobieltje bij zich gestoken. Ze had Dreamy met bescher-
mende spray tegen vliegen ingespoten, een netje over zijn

oren getrokken, de lucht gecontroleerd op regenwolken, een paar paardensnoepjes in haar zak gestoken en toen was ze weggereden. Ze wilde heel graag het gevoel hebben dat ze met haar pony alleen op de wereld was. Natuurlijk was Dreamy niet haar eigen pony, maar in gedachten was hij op dit moment van haar. Ze wilde van de vrijheid en de uitgestrektheid van het landschap genieten en misschien, hoopte ze, kwam ze Chris wel ergens tegen…

Ze kende de weg naar de grote manege, waar Lara en Chris hun pony's hadden staan. Er hing een beetje een kakkerige sfeer en op de manege golden er meer regels dan bij haar op school. Niet bepaald kindvriendelijk. Waarschijnlijk was de manege van de familie Nobel zelfs niet bepaald pááŕdvriendelijk, zo zonder uitloop naar een omheind stuk weiland of paddocks eromheen, met een solarium in plaats van de zon en met boxen waarin de dieren als gevangenen waren ondergebracht.

Kaya kon al die gewichtigdoenerij niet uitstaan. Al die opscheppers die hun paarden het liefst tot aan hun oren in zwachtels wikkelden, die geloofden dat zo'n paardenbeen zou kunnen breken zodra het de grond van een buitenveldje raakte. En die zich met hun paard alleen maar in de binnenbak waagden, omdat ze dachten dat de hoge stabiele omheining van hout hen tegen de vrijheidsdrang van hun dier zou beschermen.

Kaya droomde van een huis met een aangebouwde stal en een heleboel andere dieren, van een eigen paard dat 's morgens door de openstaande keukendeur naar binnen keek en zijn eerste wortel kwam halen. Misschien nog iets van een meertje bij het huis, een vijver met kwakende kikkers, en natuurlijk een eigen binnenbak. En kilometers bos, heuvels en brede paden voor de buitenritten.

Dreamy wekte haar uit haar gedagdroom. Voor hen lag het lange, rechte pad waarop ze bij officiële buitenritten altijd mochten galopperen en dat wist hij natuurlijk. Hij begon onrustig te trappelen, en toen ze hem het teken voor galop gaf, bokte hij eerst van blijdschap en ging er toen vandoor alsof hij bij het WK de hoofdprijs moest winnen. Kaya galoppeerde voorovergebogen in verlichte zit en zag tot haar plezier hoe de grond razendsnel onder haar voeten voorbijvloog. Ze hoorde Dreamy's hoeven donderen en voelde hoe haar lichaam zo één werd met zijn bewegingen, dat het leek of ze één geheel vormden. Hij was een prachtpony en ze was gelukkig! Slechts een seconde schoot door haar hoofd wat meneer Zonnig na de Ponycup had gezegd. Maar dat Claudia Dreamy in alle ernst zou willen verkopen, kon ze zich absoluut niet voorstellen.

Het was een warme zomeravond en ze was niet alleen op pad. Een poosje geleden had ze nog een paar wandelaars gezien die haar vriendelijk hadden begroet, daarna nog af en toe een paar joggers. Hoe verder ze echter het bos in reed, hoe stiller het er werd. Maar bang was ze niet. Ze moest alleen de weg die ze reed goed onthouden. Ze was nog nooit verdwaald. Haar vader had zelfs beweerd dat ze zijn navigatiesysteem was. En als de nood aan de man kwam, zou Dreamy nog altijd met behulp van zijn stal-GPS thuiskomen. Dat werkte altijd voor honderd procent!

Bij een open plek bleven ze staan. Dreamy wilde geschrokken omkeren, maar toen werd hij toch nieuwsgierig en keek naar een roedel reeën die hier in alle rust stond te grazen. Twee reeën die erg dicht bij hen stonden, keken hen oplettend aan, maar meldden aan de anderen geen gevaar. Ze bekeken Dreamy met zijn menselijke last op zijn rug even nieuwsgierig als hij hen.

Kaya en Dreamy waren al dik een uur onderweg, toen Kaya in de verte tussen de bomen door een buitenwijk van hun stadje zag liggen. Dreamy stapte onverstoorbaar door het lage kreupelhout dat aan de rand van het bos de bodem bedekte, waardoor Kaya de tijd kreeg om erachter te komen waar ze precies waren. Dat viel niet mee, want de huizen waren allemaal wit, allemaal hetzelfde gebouwd en allemaal met rode daken. Ze zag deze buitenwijk voor het eerst.

'Shit!' zei ze zachtjes en ze hield haar pony in. Dreamy stak zijn hoofd naar voren, alsof hij met haar mee wilde raden waar ze waren. Opeens schoot Kaya iets te binnen. Ze had een idee. Zo stom was dit misschien helemaal niet. Had Chris niet verteld dat hij verhuisd was en in een nieuwe buurt woonde iets buiten de stad? Dat de manege nu bij wijze van spreken om de hoek lag? En opeens wist ze ook weer dat hij eigenlijk helemaal niet weg wilde uit de binnenstad, omdat hij nu zo ver moest fietsen als hij naar een café of terras wilde. Misschien woonde Chris hier! Ze zou gewoon door de buurt rijden, dan zou hij haar vast zien en naar buiten komen.

Pas toen ze uit het beschutte bos kwam en over een weiland in de richting van een bosje loofbomen reed, merkte ze dat er een flinke wind stond. De bomen zwaaiden wild heen en weer en de bladeren ruisten. Kaya keek geschrokken naar de lucht en zag dat gigantische, asgrauwe wolken in haar richting werden geblazen. Wat nu? Aan de andere kant van het bos was de hemel nog vrijwel blauw geweest met hier en daar een wolkje. Maar ze was niet aan de andere kant van het bos. Ze was hier. De wind, voorbode van onweer, werd sterker en hoewel hij warm was, kreeg ze kippenvel op haar armen. Wat moest ze doen? In het bos blijven? Dat was gevaarlijk. Dat wist elk kind. En ze kon ook niet onder de loofbomen blijven schuilen. Claudia bellen? Tegen haar had ze het alleen maar gehad over een ritje in de directe omgeving. En wat als Dreamy haar er bij de eerste donderslag af gooide en alleen terug rende naar de manege? Of, nog erger, niet eens naar huis rende, maar er in paniek vandoor ging, wie weet waarheen? Ze zag zich al eenzaam in de wei achterblijven en besloot haar oorspronkelijke plan uit te voeren. Misschien was er in deze buitenwijk ergens een overdekte bushalte of een carport waar ze onder zou kunnen schuilen, tot het onweer voorbij was.

Dus reed ze door. Het maakte niets uit. Ze had avontuur gezocht en nu kreeg ze het op een presenteerblaadje aangeboden. Anderen hadden wel ergere dingen overleefd. Ze reed door de wei regelrecht naar de achterkant van een huis en hoopte dat er ergens naast de tuinomheining een pad was waarover ze naar de straat aan de voorkant kon rijden. Maar ze zag geen pad en keek een huiskamer binnen. Daar zag ze twee kinderen die hun neus plat tegen het brede raam drukten en opgewonden naar haar wezen. Waarschijnlijk dachten ze dat Kaya voor hun moeder kwam. Ze moest zo lachen om die gedachte – natúúrlijk kreeg hun moeder elke dag vriendinnen te paard op bezoek – dat ze zwaaide naar de kinderen. Dat had tot gevolg dat de kinderen wegrenden van het raam en ergens in het huis verdwenen. In elk geval kon Kaya hen niet meer zien, ook omdat het grote raam spiegelde. Misschien waren de kinderen geschrokken en zouden ze vanavond het licht aanlaten om zich tegen enge ruiters te beschermen. Maar nee, daar waren ze al weer. De kinderen hadden hun moeder erbij gehaald. Logisch ook, natuurlijk ging je je moeder halen als er opeens een paard met ruiter bijna in je tuin stond.

Kaya was al bij de volgende tuinomheining toen ze het geluid van een schuifpui hoorde en een vragend 'Hallo?'. Dat was waarschijnlijk voor haar bedoeld. Ze draaide zich om. De kinderen kwamen gillend naar haar toe, waardoor Dreamy opschrok uit zijn overpeinzingen en van schrik een stap opzij deed. Kaya had hem een lange teugel gegeven en moest die eerst weer aanhalen, zodat Dreamy er niet als een speer vandoor kon gaan. 'Ho!' schreeuwde ze, om de aandacht van de kinderen te trekken, wat ook lukte. De kleine garnalen bleven stokstijf staan, hoewel dat ook door Dreamy's blik kon komen. 'Een paard, een paard!' schreeuwde het ene kind. Het was een jongetje van een jaar of vijf. Hij had vuurrode wangen van opwinding. Zijn kleine zusje waggelde wat onbeholpen achter hem aan.

'Ja, een paard,' bevestigde Kaya wat vriendelijker. Terwijl ze op de twee neerkeek, voelde ze zich op haar pony bijna net zo statig als een Romeinse veldheer. Het was vast een raar gezicht: boven hen pakten gigantische donderwolken zich samen en zij liet hier volkomen rustig de neus van haar pony aaien – als dat geen kindvriendelijke daad van haar was...

De moeder kwam ondertussen ook naar haar toe. Ze keek Kaya aan en zei: 'Hé, ben jij niet de kleine Landsknecht?'

Kaya had er een hekel aan als ze klein werd genoemd, maar ze had er ronduit een bloedhekel aan als ze met 'de kleine Landsknecht' werd aangesproken alleen maar omdat het restaurant van haar ouders 'De Landsknecht' heette.

'Ik heet Kaya, Kaya de Birk,' zei ze stug en een beetje deftig.

'Ja, dat bedoel ik,' antwoordde de vrouw en ze trok haar kinderen een stukje bij Dreamy vandaan. 'Dat treft, je zus komt er ook zo aan!'

Kaya tuimelde bijna uit haar zadel van verbazing. 'Wat bedoelt u, komt er ook zo aan?' vroeg ze.

'Ze komt met Esther mee. Esther, haar beste vriendin en mijn dochter uit mijn eerste huwelijk, dat zal je toch wel weten?'

Kaya wist van niets. Het enige wat ze wist, was dat het behoorlijk pijnlijk zou zijn als ze Alexa hier zou tegenkomen. Ze hoorde de preek van haar oudere zus al! Verschrikkelijk!

Kaya kende Esther natuurlijk wel. Maar ze wist niet dat Alexa's vriendin in deze nieuwbouwwijk woonde. Uitgerekend in dit huis, waar zij nu min of meer voor de tuindeur stond. Dreamy werd onrustig. Hij snoof hoorbaar en keek om zich heen. En hij had gelijk. Het waaide nu nog

veel harder. De loodgrijze wolken waren intussen raven-
zwart geworden en hingen boven het bos. Ze hoorde de
bomen onheilspellend hard ruisen en de wind rukte met
vlagen aan haar jas. Het onweer kon nu elk moment los-
barsten.

'Het gaat hagelen,' zei Esthers moeder kalm. 'Hopelijk
staat de auto deze keer onder een afdak! De vorige keer
hadden we problemen met de verzekering.'

Kaya keek naar boven en voelde de eerste dikke regen-
druppel midden op haar voorhoofd. Een zomeronweer
met storm en hagel, dat was precies wat nog aan haar geluk ontbrak… En geen dak boven haar hoofd. In plaats
daarvan Esthers moeder met haar kinderen. En zo meteen
ook nog haar zus. Het was echt een idioot plan geweest
om Chris op deze dag en in deze buurt te willen opspo-
ren. Zij moest hier alleen maar heldendaden verrichten en
hij wist natuurlijk helemaal niets van dit alles. Ze kon wel
huilen!

'Hebt u misschien een carport of zoiets voor mijn pony?' Kaya boog zich een eind naar beneden, omdat ze niet
arrogant wilde overkomen.

'We hebben alleen maar een serre,' antwoordde Esthers
moeder en ze bekeek Dreamy van top tot teen. 'Maar misschien is hij daar een beetje te groot voor?'

'Hij is maar één meter veertig,' zei Kaya vlug. Ze steeg
af.

'Zou het gaan?' Esthers moeder twijfelde zichtbaar. Ze
tilde haar dochtertje op, dat ongeduldig aan haar trui stond
te trekken, en nam haar op haar arm. Op dat moment brak
het onweer in alle hevigheid los. De regen kwam met bak-

ken uit de hemel. De bliksem sloeg ergens dichtbij in, een hevige donderslag volgde. Ze vluchtten alle vijf naar het huis. Esthers moeder met de kleinste op haar arm en haar zoontje aan de hand en Kaya met Dreamy aan de teugel. De pony vond het ook niet leuk meer en al helemaal niet toen het begon te hagelen en hij de harde hagelstenen op zijn hoofd en lijf voelde neerkomen. Zijn ogen waren wijd opengesperd van angst. Kaya kon hem met de grootste moeite tot bij de deur naar de serre krijgen, die opzij van het huis was aangebouwd.

Daar stonden ze nu, op een vloer van terracotta tegels, tussen palmen en rieten stoelen waarin kussentjes lagen van roze bloemetjesstof. Kaya hoopte vurig dat alles goed zou gaan en keek bezorgd naar Dreamy's hoefijzers. Dreamy zelf leek heel ontspannen. Ja, hij voelde zich hier blijkbaar echt goed, want hij liet een enorme hoeveelheid dampende vijgen op de terracotta tegels vallen.

'O, wat erg! Ik schaam me dood!' riep Kaya en het was duidelijk aan Esthers moeder te zien dat zij het ook niet geweldig vond, vooral omdat ze de kinderen bij de hoop vandaan moest houden.

'Kan ik dit vlug ergens weggooien?' vroeg Kaya. 'Als u me zegt waar ik een emmer en een schep kan vinden?' Ze hield de vrouw met een hulpeloos gebaar de teugels van Dreamy voor. Het paard keek nu nieuwsgierig om.

Buiten verging de wereld. Het bliksemde en donderde en de hagel sloeg tegen de grote glasplaten van de serre, toen Dreamy opeens met levendige belangstelling naar de roze gebloemde kussens in de rieten stoelen keek. 'Niet doen!' smeekte Kaya, die bang werd dat het paard in zijn

40

eigen troep zou trappen om bij de bloemetjes te komen. 'We hebben rozen in de tuin staan,' zei Esthers moeder ontspannen, 'die zijn alleen maar blij met wat extra mest!' Kaya was ook blij, blijkbaar liep alles toch nog goed af. Buiten zag ze een oude Golf stoppen in een bombardement van hagelstenen. De vrouw, die haar dochtertje nog steeds op haar arm had en de bange jongen aan de hand, was zichtbaar opgelucht: 'Gelukkig! Daar zijn ze eindelijk,' zei ze, terwijl ze vlug langs Kaya en Dreamy het huis binnenliep om de voordeur open te doen.

'Wie?' wilde Kaya vragen, maar dat was niet meer nodig, want ze zag Esther al uit de auto stappen en uit het portier van de bijrijder kropen nog twee gestalten tevoorschijn die met een jas boven hun hoofd hard naar de voordeur renden. Even later stonden de drie vóór haar en op een na trokken ze allemaal een ander gezicht: Esther lachte hardop en Alexa keek haar ongelovig aan, maar het meest verbaasde gezicht was dat van Kaya, want de derde passagier uit de auto was... Chris!

Kaya was het liefste ter plekke door de grond gezakt. Ze zou met Dreamy voortaan alleen nog maar verstoppertje spelen op het terrein van de manege en zou nu haar ziel hebben verkocht als daardoor deze nare situatie haar bespaard was gebleven.

'Wat doe jij hier?' riep Alexa verbaasd. Ze begon enorm te sputteren: 'Dat kan toch niet waar zijn! Ben je helemaal gek om in dit weer paard te rijden?'

Chris keek haar aan alsof ze een van de zeven wereldwonderen was en Esther wees alleen maar naar de paardenvijgen: 'Heb je ook een zak bij je?'

Het was verschrikkelijk. Kaya werd volkomen belachelijk gemaakt waar Chris bij was. Ze had in huilen kunnen uitbarsten als dat alles niet nog veel erger had gemaakt.

'Hoe kom jij hier terecht?' Chris grijnsde wel, maar hij bleef met zijn vraag tenminste zakelijk waardoor Kaya dankbaar en opgelucht kon ademhalen.

Hij zag er fantastisch uit, zijn blonde haren waren met opzet rommelig gemaakt, alsof hij net van een optreden met een boyband terugkwam, of van een roekeloze tocht op de surfplank. Zijn haar was ook niet echt blond, eerder donker met blonde strepen erin en het was ook niet erg lang, maar eerder een soort rafelig halflang. In elk geval paste het perfect bij zijn bruine hoekige gezicht, zijn blauwe ogen en zijn rechte neus. Kaya keek naar hem, zoals hij daar kaarsrecht en breedgeschouderd naast Alexa stond, en vond hem er absoluut adembenemend knap uitzien.

Alleen, en dat viel haar nu pas op: waarom stond hij eigenlijk zo dicht naast Alexa? Zij was zeventien, twee jaar ouder dan hij. Hadden ze iets met elkaar? Viel hij op meisjes die ouder waren dan hij? Hij had ook om die zestienjarige Zwitserse heen gedraaid… Zouden hij en Alexa… Nee, dat zou ze haar zus nooit vergeven!

'Kom op, vertel dan,' zei Alexa. Zie je, die wilde vast dat ze zich voor ieders ogen en oren, in het bijzonder die van Chris, te schande maakte.

'Niets bijzonders gebeurd,' loog ze. 'Ik heb me alleen bij een buitenrit in het bos een beetje verreden. Ik raakte de weg kwijt, en toen zag ik de huizen hier en wilde

naar de weg vragen en werd door het onweer overval-
len.'

'In elk geval is het een prachtig gezicht, zoals jullie hier
doodkalm in de serre staan! Absoluut een foto waard!'

Dat was het sleutelwoord voor Esthers moeder om inderdaad een camera te gaan halen. Toen ze terugkwam zei
ze: 'Ga allemaal naast elkaar staan. Florian op de pony lijkt
me, en Laura ervoor alsjeblieft!'

Esther protesteerde: 'Ach, mam!' Maar de anderen ge-
hoorzaamden zonder tegenstribbelen. Ze tilden de jongen
op Dreamy, die net een duwtje tegen een van de rieten
stoelen gaf om erachter te komen of riet iets eetbaars was,
en gingen toen naast Kaya staan. En zo kwam het, dat
Chris opeens naast Kaya stond. Laat dit alsjeblieft een leuke foto worden, dacht Kaya en ze glimlachte. Het was haar
allermooiste glimlach. Alle anderen zou ze er later vanaf
knippen, dan had ze een fotootje van alleen maar Chris en
haar. Helemaal goed!

'Mag ik ook een afdruk hebben?' vroeg ze vlug, waarop Esther zich in het gesprek mengde: 'Alleen als je de tegels netjes bevrijdt van Dreamy's boodschap.' Ze knikte
naar Dreamy's achterbenen.

Nou ja! Waar bemoeit zij zich mee, dacht Kaya. Ze had
Esthers moeder toch al om een emmer en een schep gevraagd? Pas toen drong het tot haar door dat Esther dat
niet kon weten. Rustig zei ze: 'Natuurlijk doe ik dat! Dat
was ik al van plan, maar toen kwamen jullie!' Kaya drukte Chris de teugels in zijn hand. Zo, dat was alvast iets om
hem aan haar te binden. Nu moest ze zo snel mogelijk
nog iets anders bedenken.

Esthers moeder bracht een tuinschepje, een bezem en een emmer en gelukkig kreeg Kaya alles schoon. Er bleef niets achter.

Esther had in de tussentijd drie blikjes cola uit de keuken gehaald en gaf Chris en Alexa er elk een. 'Mag jij ook al?' vroeg ze aan Kaya.

Kaya was haar met liefde naar de keel gevlogen. De heks. Ze werd met de minuut onaardiger. Ze deed dit expres, dat kon niet anders. Ze vond Chris zelf ook leuk en ze was gewoon bang voor concurrentie. En dat terwijl ze er helemaal niet zo slecht uitzag met haar grappige wipneus en haar dikke, donkere pony die tot op haar wenkbrauwen viel. Maar vanbinnen was ze boos en vals, dat was duidelijk!

'Nee, ik heb liever een biertje!' was Kaya's snelle antwoord en toen Chris in de lach schoot, wist ze dat ze had gewonnen. Ha! Zij, Kaya, die normaal gesproken zo snel en gevat was als een naaktslak, had meteen het passend antwoord gegeven! Die zat!

Esther zweeg en haar moeder wierp haar alleen maar een korte eigenaardige blik toe, maar dat maakte nu ook niets meer uit, ze mocht het zelfs aan haar ouders vertellen. Een halfuur geleden wist ze toch nog niet eens dat zij de moeder van Esther was.

Chris rukte haar los uit haar gedachten door haar Dreamy's teugel terug te geven. 'Je hebt het fantastisch gedaan bij de Ponycup,' zei hij. Ze voelde zijn blik op haar gezicht als een laserstraal. 'Petje af! Ik had het niet achter deze oude pony gezocht!'

'Ik ook niet,' hoorde ze zichzelf tot haar verbazing zeggen. Hè, ze moest cool blijven. Maar hij lachte alleen maar.

'En nu wordt hij verkocht. Ik hoop dat je meedeelt in de winst!'

Kaya's hart sloeg over. 'Daar geloof ik niks van,' zei ze fel. 'Hij wordt helemaal niet verkocht!'

Chris deed of hij haar niet had gehoord, haalde zijn schouders op en draaide zich om naar Esther.

'Hoe kom jij thuis?' vroeg Alexa nu aan Kaya. 'Zal ik een paard pakken en meerijden?' Ze draaide zich naar Chris. 'Mag ik misschien jouw pony lenen?'

Naar huis worden gebracht door je oudere zus… Wat een gruwelijke gedachte! Ze was toch geen baby meer? Maar ze beet op haar tong, want met dat idee kon ze misschien nog iets. Ze wilde de kans benutten. 'En hoe komt Chris' pony dan weer terug?' vroeg ze aan Alexa.

'Chris zou hem terug kunnen rijden,' stelde Alexa voor.

'En hoe komt Chris dan bij onze manege?'

Alexa keek haar met een lege blik aan en de uitdrukking die toen over haar gezicht gleed, maakte duidelijk dat ze het had begrepen.

Natuurlijk zou Esther Chris met de auto kunnen brengen, maar daar ging het hier niet om. Dat scheen Alexa te snappen. Nu kwam het er nog op aan of ze meespeelde, of Alexa haar Chris gunde of dat ze hem liever voor zichzelf hield.

Alexa deed een stap in Chris' richting. Kaya kromp ineen. Haar zus zag er zo vreselijk goed uit, zo zelfbewust, zo zeker, dat Kaya wenste dat ze zelf zo'n houding had. Het was voorbij.

'Dan rij jij toch met Kaya mee?' zei Alexa tegen Chris.

Kaya was sprakeloos. Dat zei ze, haar eigen zus! Haar mond zakte open van verbazing, net als die van Chris trouwens. Alleen Esther schreeuwde krijsend: 'Naar buiten!'

Maar dat riep ze tegen Dreamy. Die stond namelijk wijdbeens in de serre. Kaya reageerde onmiddellijk: ze liet de pony op de tegelvloer draaien en nam hem mee door de glazen deur die Esther vlug openschoof de tuin in, waar de hagelstenen na het zware onweer lagen te smelten en waar Dreamy een grote, dampende plas deed.

'Is hij nog niet zindelijk?' vroeg Chris grijnzend, terwijl Esthers moeder de terracotta tegels controleerde en uiteindelijk gerustgesteld naar buiten kwam. 'Alles in orde,' zei ze en ze glimlachte tegen Kaya. 'Ik vind het trouwens een goed idee dat Chris je naar jouw manege brengt! Anders raak je misschien opnieuw de weg kwijt en wie weet, waar je dan weer belandt!'

'Zeker niet in zo'n mooi huis als het uwe,' zei Kaya lief. Ze had de behoefte iets aardigs te zeggen. Tenslotte had Esthers moeder haar rit met Chris naar de manege van Claudia zojuist aangemoedigd.

Chris was ongeveer twintig minuten weggeweest, toen hij met zijn pony kwam voorrijden. Intussen had een aantal buren zich verzameld bij het grote tuinhek en het had vast nog heel gezellig kunnen worden, maar Kaya wilde naar huis. Ze had opeens haast, want ze moest aan Claudia denken en die zou nu op haar staan wachten. En ze wilde ook eindelijk wel eens alleen zijn met Chris.

Die had zijn pony alleen maar een bit ingedaan en bereed het paard zonder zadel, in spijkerbroek en gympen.

Zijn merrie speelde vol ondernemingslust met haar oren en keek geïnteresseerd naar Dreamy. Kaya had nu het liefst haar rijlaarzen uitgetrokken en haar pony ook van zijn zadel bevrijd, want vergeleken bij Chris vond ze zichzelf opeens vreselijk 'aangekleed' en tuttig. Maar als ze dat zou doen zou Claudia absoluut razend zijn, dat wist ze zeker. Het was al erg genoeg dat haar oorspronkelijk kleine buitenrit op een groot avontuur was uitgelopen en geëindigd was in een serre.

Chris was in het begin niet erg spraakzaam. En Kaya kon ook niet echt iets bedenken om te zeggen. Ze formuleerde in gedachten stuntelige zinnetjes en dacht erover na wat hem zou kunnen interesseren. Ten slotte leek het haar onschuldig genoeg om weer over de Ponycup te beginnen. Maar ook dat deed ze bij nader inzien liever niet, want prompt sprong de zestienjarige winnares in beeld. En misschien moest hij dan ook weer aan haar denken en dat vond ze niet zo'n goed idee.

'Heeft Alexa eigenlijk een vriendje?' vroeg hij. Ze hadden al ruim een kwartier naast elkaar dwars door het bos gereden, dezelfde weg die Kaya ook had genomen op de heenweg, en ze begon net te genieten van de rit. Ze rook het verse hout, het vochtige mos en ze had glimlachend de ijverige eekhoorntjes nagekeken – toen die vraag opeens uit zijn mond kwam.

Eerst was ze alleen maar teleurgesteld. Als ze nu 'ja' zou zeggen, 'ja, een rare vent, speelt basketbal in het nationale team en haalt haar altijd met zijn Porsche op,' dan zou Alexa hem kwijt zijn. Maar dan was Kaya hem misschien ook kwijt. Was het niet beter haar zus als lokvogel te gebruiken en hem dan iets later zelf in te pikken? Als hij al niet vrijwillig meeging vanwege haar, dan moest ze nu iets heel slims bedenken.

'Ze heeft er wel een, maar die komt nooit bij ons thuis,' zei ze voorzichtig. 'En Alexa is nu eenmaal een echt familiemens, die vindt het belangrijk dat haar vriendje ook door de anderen thuis leuk wordt gevonden.'

Lag dat er te dik bovenop? Ze keek even vlug naar hem op. Hij reed links van haar en zat hoog op zijn merrie, een grote pony met 1.48 meter stokmaat. Bovendien was hij een stuk langer dan zij. Ze keek naar zijn gezicht. Blijkbaar probeerde hij te verwerken wat hij net had gehoord.

'Bij jullie thuis? Bedoel je daarmee jullie restaurant?'

'Natuurlijk niet!' Kaya dacht even na. 'Echt bij ons thuis, bij ons! Op dinsdag heeft ze bijvoorbeeld 's middags altijd tijd. En denk je dat die vent ook maar één keer langs is gekomen? Nooit! Ik geloof dat haar geduld opraakt.'

'Op dinsdag?'

'Op dinsdag.'

Ze reden over de open plek waar ze de reeën had gezien. Nu waren de dieren weg, en de grote, groene grasvlakte zag er uitnodigend uit voor een galop.

'Zullen we?' vroeg Chris haar met een glimlach.

'Nou en of!' zei ze en ze glimlachte terug. En hoe, voegde ze er in gedachten aan toe terwijl ze Dreamy een teken gaf. Maar echt nodig was dat niet. Dreamy maakte uit stilstand een sprong en schoot Chris voorbij over de open plek.

In de manege werden ze met een ontvangstcomité ontvangen, maar erg feestelijk was de stemming niet. Iedereen had iets te mopperen, iedereen had zijn eigen opmerkingen over Kaya's buitenrit en vooral Claudia stak haar mening niet onder stoelen of banken, zoals Kaya dat altijd noemde, en somde in versneld tempo alle mogelijke en onmogelijke gevaren en risico's op die Kaya had gelopen. Maar Kaya luisterde nauwelijks. In haar hoofd gonsden heel andere gedachten. En toen ging ze tot de tegenaanval over. Voor iedereen hoorbaar vroeg ze: 'Claudia, klopt het dat je Dreamy wilt verkopen?'

Claudia hield midden in een zin op met praten. Ze keek Kaya schuin aan en wierp toen Chris – die een stuk verderop van zijn merrie gegleden was – een verwijtende blik toe.

'Dat wordt gezegd,' ging Kaya door, zonder op een antwoord te wachten.

'Lara wil Black Jack ook verkopen,' zei Claudia toen.

'Lara gaat ook heel slecht met hem om. Ze is een verwaand nest dat zich dat alleen maar kan permitteren, omdat haar vader rijk is! Ze zou meer aan een golfclub hebben dan aan een paard!'

Kaya meende dit serieus, maar desondanks schoten er een paar in de lach.

'Dat was geen grap!' zei ze. 'Wie een paard niet kan behandelen als een levend wezen, kan beter een andere hobby zoeken.'

'Ja, vind je?' vroeg iemand scherp achter haar.

Kaya herkende de stem onmiddellijk. Nu werd haar ook duidelijk waarom Claudia zo voorzichtig reageerde. Wat moest zij hier bij deze manege? Ze hoorde toch bij het gilde van de Hoogwelgeborenen? Dit was toch niet haar wereld?

'Ja, dat vind ik!' zei ze woedend. 'Ik heb heel goed gezien hoe jij je pony in zijn mond trok! Je hebt "rotbeest" tegen hem gezegd terwijl Black Jack een fantastisch paard is!'

'Dat fantastische paard heeft anders wel van zo'n mager scharminkel als die van jou verloren. Wat is daar zo fantastisch aan?'

Lara stond achter haar. Ze had een donkerbruine nieuwe rijbroek aan, rijlaarzen van roodbruin leer die er goed bij stonden en op de broek een roodbruin vest. Ze zag eruit alsof ze zo uit een of ander duur modeblad was gestapt. En zo praatte ze ook.

'Omdat mijn scharminkel het van jouw rotpaard heeft gewonnen, kun je hem nu kopen! schreeuwde Kaya tegen haar. Ze liet Lara en de anderen achter terwijl ze Dreamy met zich meetrok.

'Makkelijk!' hoorde ze Lara achter zich sissen. Kaya haatte het dat ze dit meisje ooit had bewonderd, maar tegelijkertijd voelde ze een steek in haar hart. Het zou voor Lara's vader een peulenschil zijn om Dreamy te kopen. Wat als Lara hem echt wilde hebben, misschien wel alleen maar om haar te pesten?

Minka kwam haar tegemoet en nam Dreamy van haar over. 'Kom, geef maar! Ik doe het wel voor je!' zei ze. 'En maak je niet druk. Ze kwam voor Luxury Illusion en niet voor Dreamy. Maar mijn vader verkoopt hem niet, gelukkig!'

De meisjes keken elkaar even aan en vielen elkaar toen om de hals.

'Jij bent pas een echte vriendin,' zei Kaya en ze gaf Minka een zoen op haar wang.

'En jij hebt Chris bij je?' vroeg Minka nieuwsgierig. Ze streek Dreamy zacht over zijn neus.

'Ja, hoezo? Vind je hem leuk?'

'Wie niet?'

Dat was een goede vraag. Nee, eigenlijk was het geen vraag, het was een constatering, maar het maakte haar ongerust dat Minka op deze manier reageerde. Had ze ook naar hem gekeken? Waren ze nu al met zijn vieren?

Toen ze bij de anderen terugkwam, kreeg ze te horen dat Chris weer terug naar huis was. Hij had gevraagd of ze tegen haar wilden zeggen dat het anders te laat werd voor hem. En ze moesten haar de groeten doen.

Kaya was aan de ene kant teleurgesteld, maar tegelijk ook blij dat hij hier niet met Lara rondhing. Dat was dan echt de druppel geweest die de emmer deed overlopen.

Op dinsdag had Alexa 's middags altijd haar jazzballetles en niets kon haar daarvan afhouden. Kaya kwam gefrustreerd thuis uit school. De leraren wilden weer eens niet wat zij wilde en de acht voor wiskunde waarop ze had gehoopt was een stomme vijf geworden. Heel even kreeg ze last van haar geweten, maar toen overwoog ze of ze Alexa zou vertellen dat ze Chris bij hen thuis had uitgenodigd. Maar Alexa had het druk: ze maakte haar huiswerk, haalde iets kleins uit de keuken, at vlug en was toen verdwenen. Kaya hoorde de voordeur dichtslaan en dacht: ach, nou ja, nu is het toch te laat.

Ze stormde naar haar kamer en rukte haar beste spullen uit de kast. Wat moest ze aan? En wat als hij helemaal niet kwam, omdat hij bang was dat Alexa's vriendje uitgerekend vandaag voor het eerst naar haar toe kwam?

Ze trok haar korte spijkerbroek uit de kast. Ze had hem vorige zomer afgeknipt, waardoor het best een hip ding was geworden. Maar ze vond haar benen te dun en haar knieën te dik. Ze trok de broek weer uit. Misschien haar witte jeans? Shit, die bleek opeens te kort te zijn geworden en dat zag er niet uit. Een rokje? Haar moeder had pas geleden een spijkerrokje met een rits voor haar meegebracht, dat ze daarna opeens niet aan mocht van haar vader. Maar als haar vader ertegen was, was het beslist een fantastisch rokje. Ze trok het aan. Het was niet zo kort als de afgeknipte spijkerbroek, maar zag er met de rits middenvoor toch best wel sexy uit. Goed. Nu had ze nog een top nodig. Die mocht niet te strak zitten. Ze kon toch al niet concurreren met Alexa's voorgevel. Ze had iets nodig dat verdoezelde maar ook suggereerde. Dat viel niet mee. Ze had een dunne, roze blouse met korte mouwen en een gerimpelde, lage hals. Maar ze vond die blouse niet zo leuk. Hij was een beetje stijf. Het moest gewoon, gemakkelijk zitten, cool, aantrekkelijk, nonchalant. Chris moest haar nog ontdekken, haar niet meer zien als 'het kleine zusje van'. Ze ging Alexa's kamer binnen en rommelde in haar kast. Maar dat was natuurlijk onzin, alles was haar een maat te groot. Ze moest nog een keer goed tussen haar eigen kleren zoeken.

Een blik op haar horloge bezorgde haar een stoot adrenaline. Als hij het echt had gemeend dan zou hij tegen drieën hier zijn. Ze had dus nog precies een halfuur de tijd om een leuke top te zoeken, haar haar te stylen en een dun laagje make-up op haar gezicht aan te brengen.

Ze had haar haar met de föhn bewerkt, een dun lijntje rond haar ogen getrokken, mascara op haar wimpers aangebracht, wat lipgloss op haar lippen gedaan en een wit, sportief shirtje aangetrokken. En nu oefende ze hoe ze de deur zou opendoen, als hij inderdaad zou aanbellen. In ieder geval moest ze zichzelf onder controle hebben en iets zeggen in de trant van: 'Ha, ben jij het,' alsof ze hier elke dag voor iemand als hij de deur opendeed. En dan mocht ze natuurlijk niet zeggen dat Alexa er helemaal niet was. Ze zou hem gewoon naar boven, naar hun kamers loodsen. Als ze te vroeg vertelde dat Alexa weg was, ging hij misschien meteen weer weg.

Ze was opgewonden en bloednerveus en liep steeds weer naar de spiegel om haar outfit, haar gezichtsuitdrukking en haar hele verschijning te controleren. 'Rustig maar,' zei ze steeds tegen zichzelf. 'Rustig, blijf kalm.' Het leek wel of ze een angstig paard moest geruststellen voor een naderende tractor.

Toen de bel inderdaad ging, vond ze dat ze in elk geval tot twintig moest tellen voor ze opendeed. Ze kwam tot negen.

Hij stond er echt. In een zwart T-shirt, dat zijn borstspieren benadrukte en waardoor zijn blonde haar nog lichter leek. Zijn glimlach was een mengeling van stoerheid en verlegenheid.

'Hee, Chris!' zei Kaya en ze hoopte dat hij haar hartslag niet kon horen. 'Kom je nog vanwege gisteren?'

Ze wilde hem toch een kans geven.

'Vanwege gisteren?' Hij keek haar even verward aan en en een rimpel vormde zich tussen zijn wenkbrauwen. 'Nee, niet vanwege gisteren!'

Aha!

Nou ja, ook goed.

'Wil je binnenkomen?' Ze deed een stap opzij, waarmee ze de deuropening vrijmaakte. Toen draaide ze zich om en ging hem zwijgend voor de trap op. Ze hoorde dat hij achter haar aankwam. Maar ongeveer halverwege de trap bleef hij staan en vroeg: 'Is ze eigenlijk thuis?'

Ze draaide zich naar hem om. 'Wie?'

'Nou... Alexa!'

'Natuurlijk is ze thuis. Op dinsdag is ze er altijd!'

Hij aarzelde.

'Is ze alleen?' wilde hij even later weten.

'Geen idee!' Kaya haalde haar schouders op. 'Onze kamers liggen niet direct naast elkaar. Maar ik kan haar roepen.'

Ze kon aan hem zien dat hij niet goed wist, of hij dat wel wilde.

'Weet je wat?' zei ze zachtjes. 'Je kunt zolang naar mijn kamer gaan, dan kijk ik wel even bij haar!'

Hij dacht na. 'En als haar vriendje er is?'

'Dan zeg ik dat tegen je!'

Hij greep de trapleuning vast en Kaya was bang dat hij

aanstalten maakte om terug te gaan. 'Kom maar,' zei ze. 'Hij is best aardig. Ik stel jullie met plezier aan elkaar voor.'

Chris zei niets.

'Maar eigenlijk geloof ik niet dat hij er is!' zei Kaya.

Hij dacht nog even na, en liep toen toch verder achter haar aan de trap op. 'Goed,' zei hij, 'maar als hij er is, hoef je niets te zeggen. Dan kom ik liever een andere keer terug. Ik wil die twee niet storen!'

'Oké, dat snap ik,' zei Kaya met een lief stemmetje en ze grijnsde terwijl ze over de gang, langs Alexa's kamer, naar de hare liep. Ze deed zachtjes de deur open.

'Ga maar naar binnen,' zei ze en ze wees naar het lage tafeltje waarop ze een fles cola, twee glazen en een zak chips had neergezet. 'Neem vast wat.'

'Verwacht je iemand?' Hij keek nieuwsgierig om zich heen.

'Nee, hoezo? Dit doe ik altijd! Mijn ouders zitten in de horeca, weet je nog!'

'Niet slecht!'

Ze schonk een glas in en gaf het aan hem. Hij nam het aan, dronk een slok en bekeek de posters aan de muur.

'Geen paarden?'

'Hé!' Ze lachte een beetje flirterig en ging toen voor hem staan. 'Ik ben toch geen kleuter meer!'

Hij bekeek haar van top tot teen. 'Nee!' zei hij toen.

'Precies. Ik heb voor mijn verjaardag zelfs een kaartje voor het concert van Justin Timberlake gekregen. Heb je hem wel eens live gehoord?'

Chris keek haar verbaasd aan. Alsof hij zich afvroeg of

ze nog wel spoorde. Maar hij bleef nieuwsgierig. 'Nee, natuurlijk niet! Die zit toch in Amerika, hoe had dat gemoeten?'

'Ja, maar hij komt nu hier naartoe voor een concert! Er zijn nog kaartjes. Hij heeft een geweldige stem, hij danst super en hij heeft een fantastisch lijf!'

Weer gleed zijn blik over haar heen. Deze keer bekeek hij haar peinzend. 'Ga je met Alexa?'

'Ach, in de Porsche is zo weinig plaats! Ik weet nog niet hoe ik erheen ga.'

'In de Porsche?'

'Ja. Alexa's vriend rijdt in een Porsche. Maar hij is zelf zo lang, dat hij er nauwelijks in past.' Ze hield Chris goed in de gaten. 'Hij is een basketballer. Speelt in het nationale team. Heb ik je dat niet verteld?'

'O. Nee!' Het was aan hem te zien dat hij dit eerst moest laten bezinken. 'Maar ik heb buiten geen Porsche zien staan,' zei hij, waarna hij zich omdraaide en naar de computer liep. Kaya schonk voor zichzelf ook een glas in en ging naast hem staan. Hij stond een poosje nadenkend voor zich uit te kijken, knikte toen en zei: 'Goede computer!'

'Ja, gaat wel!' zei ze alleen maar. De computer van haar vader interesseerde hem dus. Haar vader had hem hier maar even neergezet omdat hij zijn kantoor aan het schilderen was, en van hieruit handelde hij zolang zijn e-mails af.

'Dit is toch de Power Mac van Apple?' Hij draaide zich naar haar om. 'Waarom heb je zo'n groot ding nodig?'

Ze stonden nu recht tegenover elkaar. Hij hoefde alleen maar zijn arm iets uit te strekken, dan zouden ze elkaar kunnen zoenen. Voelde hij dat niet?

'Och.' Kaya wist hierop niets te antwoorden. 'Zo fantastisch is het ding ook weer niet! Er zijn wel betere, geloof ik.'

'Dat zal best.' Hij liep langs haar heen, nam een handvol chips en stopte die in zijn mond. 'In elk geval kun jij voor dat geld Dreamy makkelijk kopen!'

Deze zin deed een soort bom ontploffen in Kaya's hoofd.

'Denk je?' vroeg ze opgewonden. Ze liep de twee stappen naar hem toe en legde haar hand op zijn arm. 'Echt waar?'

'Ja! Zo'n Apple kost een slordige vierduizend euro en voor dat geld krijg je Dreamy en zijn zadel erbij cadeau!' Hij grijnsde en greep weer in de zak met chips. 'Ga je nu even kijken of Alexa er is?'

O, ze had helemaal niet meer aan haar zus gedacht. Voor zo'n stomme computer kon je dus een hele pony krijgen? Ze had nooit over prijzen nagedacht. In het kantoor van haar vader stonden nog een paar oude exemplaren waarmee ze zelf wel eens werkte, als dat nodig was voor school. Maar eigenlijk had ze verder helemaal niets met computers en het verbaasde haar nog steeds dat ze zo duur moesten zijn. Pas toen drong tot haar door wat hij net had gezegd. Ze moest kijken of Alexa er was.

'Natuurlijk! Doe ik! Maak het jezelf gemakkelijk!'

Ze glimlachte flirterig naar hem en liep met trippelpasjes die ze wel sexy vond de kamer uit. Daarna liep ze tot de deur van Alexa's kamer, klopte, voor het geval dat hij meeluisterde, hard op de deur en verdween in de kamer.

Korte tijd later kwam ze terug.

'Ik heb niet gezegd dat jij er bent,' zei ze terwijl ze de

deur van haar eigen kamer weer achter zich dichtdeed. Toen stond ze als aan de grond genageld en kon geen woord meer uitbrengen. Hij zat voor haar vaders computer en had hem opgestart.

'Je hebt hier een fantastisch spel op staan,' zei hij, zonder op te kijken. 'Ik wil deze ook al een poosje hebben, maar er zijn nog geen kopieën van, zo nieuw is het!' Pas toen keek hij goedkeurend naar haar op. 'Je bent al echt ver!'

Kaya kreeg het heel warm. Ze had geen idee waar hij het over had. Ze wist alleen maar dat het een huiselijke ramp zou betekenen als er iets met de Apple zou gebeuren. Het ding was heilig voor haar vader. De andere pc's had hij tijdens het schilderen van het kantoor alleen maar afgedekt, maar deze – zijn steun en toeverlaat – had hij zelfs niet aan Alexa gegeven, omdat hij haar niet vertrouwde. Alleen in Kaya's kamer was het apparaat veilig. Hier zou niemand eraan zitten, had hij gezegd – en nu zat Chris ermee te spelen!

Over welk spel had Chris het eigenlijk? Ze liep naar hem toe en keek over zijn schouder mee. Hij stak een hand naar achter en streelde even over haar been. Ja hoor, had ze bijna het doel van haar dromen bereikt en dan gebeurde er dit.

Op het beeldscherm zag ze de visuele wereld van de stad Rome: een marmeren zwembad uit de oudheid, vrouwen in het dampende water, mannen in een tuniek die de vrouwen druiven in hun mond stopten. Lieve help, dacht Kaya, keek haar vader soms stiekem naar porno? Ze werd bijna misselijk, maar toen draaide Chris zich naar haar om. 'De

58

ondergang van Rome! Je kunt nu het verhaal veranderen. Wat zou er gebeurd zijn als… Maar dat weet je natuurlijk. Dit is fan-tas-tisch!'

Hij was al snel niet meer aanspreekbaar, volledig in zijn eigen wat-zou-er-zijn-gebeurd-als-wereld verdiept. Kaya ging op de bank zitten, waarop ze in haar dromen eigenlijk een zoen van Chris had gekregen. Het troostte haar niet dat hij door het computerspel zelfs Alexa helemaal vergeten was.

De dagen erna was Kaya alleen maar bang dat haar vader zou merken dat er iemand aan zijn computer had gezeten. Maar het was hoofdseizoen, het terras in de tuin zat vol, het restaurant ook en in de keuken hielden ze het nauwelijks bij.

Kaya hoopte dat de zaak met een sisser zou aflopen en tegelijkertijd zat de gedachte haar dwars dat ze met zo'n stomme computer een hele pony zou kunnen betalen. Altijd als ze tegen haar ouders over een eigen paard begon, werd er gezegd dat ze daarvoor geen geld hadden. Maar voor zo'n achterlijk ding als een computer was zeker wel geld? Het was gewoon niet eerlijk! En dat Chris die stomme computer interessanter had gevonden dan haar in haar spijkerrokje en haar witte shirt, dat irriteerde haar ook. Ze baalde er echt van. Had ze dichter bij hem moeten gaan staan, misschien een hand op zijn schouder of in zijn nek moeten leggen? Maar ze had al spontaan haar hand op zijn arm gelegd en hij had het nauwelijks gemerkt, was alleen maar doorgegaan met chips eten. Was zijn gebaar, zijn hand op haar been, zon-

der betekenis geweest? Was het een reflex geweest, omdat het computerspel zo leuk was?

Ze moest er maar geen waarde aan hechten.

Toch probeerde ze vanaf dat moment vaker op het
schoolplein bij hem in de buurt te komen, maar hij stond
altijd bij de oudere leerlingen en voor andere acties was
de pauze te kort.

Ja, ze had een kans laten lopen en achteraf ergerde ze
zich over haar lafheid. Hij had twee volle uren voor de
computer gezeten, was zijn omgeving met haar erbij compleet vergeten, en hij had het daarna niet eens raar gevonden toen hij uit zijn Romeinse wereld ontwaakte en
Kaya nog steeds op de bank zag zitten.

'Jij hebt het goed!' had hij alleen maar gezegd en haar
veelbetekenend aangekeken.

'Ik? Hoezo?' wilde Kaya weten. Ze had het gevoel dat
ze niet veel vrolijke sfeer uitstraalde daar op haar bankje.

'Nou, mijn ouders zouden nog eerder een pony voor
me kopen dan zo'n computer! De mijne is een afdan-
kertje van mijn vader. Het ding is zo traag als een slak
en voor hij een zwaar spel heeft opgestart is hij al zowat
gecrasht.'

Het was niet eerlijk verdeeld in de wereld. Kon ze niet
de ouders van Chris hebben? Een pony in plaats van een
computer – ze zou onmiddellijk 'Ja!' roepen.

'Je mag altijd langskomen,' had ze gezegd, hoewel het
er niet heel enthousiast uitkwam.

'Dat zal ik doen!' knikte hij en hij stak zijn hand uit.
'Bedankt, Kaya! Je bent een echte vriendin!'

Dat was niet helemaal wat ze had willen horen…

'Jij ook bedankt!' had ze zwakjes geantwoord.

'Elke relatie gaat kapot als geliefden vrienden worden,' had haar vader een keer bij het ontbijt gezegd, waarbij hij haar moeder strak had aangekeken. Kaya was toen nog heel jong geweest en had niet helemaal begrepen wat hij daarmee bedoelde, maar nu kon ze het zich wel zo'n beetje voorstellen.

Concurrentie van een computer was toch heel wat anders dan concurrentie van je eigen zus.

Bah!

En toch ging haar verliefdheid ondanks dit alles niet over, computer of niet. En als die geweldige computer ervoor zorgde dat hij langskwam, dan moest het schilderen van haar vaders kantoor nog maar wat langer duren.

Kaya had Sina eindelijk weer eens meegenomen naar de manege. Zolang Kaya zich kon herinneren was Sina haar beste vriendin. Maar ze had helaas een probleem: ze was bang voor paarden. Ze was trouwens bang voor alle grotere dieren, ook voor honden – Husky-ogen of niet. Maar Kaya kon met Sina wel overal over praten, zelfs als Sina geen flauw idee had waar het eigenlijk over ging. Dat Kaya bezorgd was om Dreamy was haar duidelijk, en dat ze Kaya zou helpen ook.

Ze zaten in de kleine, knusse kantine die voor van alles werd gebruikt. In de winter kon je er opwarmen, er werden lessen voor bijvoorbeeld dressuurproeven gegeven, soms zaten er een paar meisjes hun huiswerk te maken en natuurlijk was het een ontmoetingsplaats. Kaya staarde somber door het raam naar de binnenbak. Dreamy liep op drie na laatste in de rij paarden. Zijn hoofd hing moe aan een bijzetteugel. Hij had een meisje op zijn rug dat nog niet zo lang reed.

'Weet je, misschien zou hij het zelfs beter krijgen,' probeerde Sina haar op te beuren. 'Met een meisje dat van hem houdt, net als jij, dat met hem door weilanden, bossen en over uitgestrekte vlakten vliegt en dat goed voor hem is… Het is wel maar één persoon, begrijp je. Niet tientallen verschillende mensen!'

'Zo veel zijn het er niet!' Kaya zat op de ronde, houten tafel met haar voeten op een stoel en haar ellebogen op haar knieën. Ze liet haar hoofd op haar handen steunen. 'Mijn vader kan hem niet betalen, maar hij heeft wel een Apple. Met dat geld kun je Dreamy makkelijk kopen.'

'Ja, en dus? Wil je nu die computer soms stelen?' Sina keek haar vragend aan.

'Waarom niet?' Kaya rechtte haar rug. 'Elke andere computer doet het toch ook? Waarom moet mijn vader zo'n dure Apple hebben? Voor die stomme spelletjes van hem?'

'Misschien vindt hij een pony wel stom!'

'Dat zeg je alleen maar, omdat je zelf niet van paarden houdt!'

Het bleef even stil.

'Kom op,' zei Sina, 'laten we geen ruzie maken. Je moet gewoon een andere oplossing zoeken!'

Kaya trok een gezicht. 'Geweldig! Als Dreamy weggaat, heb ik geen pony meer om op te rijden. Geen van de andere paarden rijdt zo fijn als Dreamy!'

'Daarom wordt hij ook verkocht!'

Ze keken elkaar aan.

'Hij wordt alleen maar verkocht, omdat ik zo goed heb gereden bij de Ponycup!'

'Tja! Succes heeft ook zijn schaduwkanten!'

Kaya zuchtte. 'Het is niet eerlijk!' Ze draaide een pluk

haar om haar vinger en haalde hem weer los. 'Mijn ouders werken zich dag en nacht een slag in de rondte – en hebben toch geen geld!'

Sina haalde haar schouders op. 'De mijne werken ook heel hard!'

'Maar jij wilt geen paard!'

'Klopt!'

Sina stond op en ging naast Kaya op de ronde tafel zitten. 'Wat kost zo'n pony eigenlijk?'

Kaya lachte bitter. 'Goede dressuurpony's, die meedoen aan de wereldkampioenschappen, kosten tot honderdzeventigduizend euro. Goede springpony's zijn iets goedkoper, zo rond de honderdduizend euro.'

Sina tikte tegen haar voorhoofd. 'Dat geloof ik niet! Een pony die zo veel geld waard is? Zo veel heeft ons hele huis nog niet gekost!'

'Ja. Maar wacht even, ik heb het nu over de aller-allerbeste pony's hè! En je hebt er eigenlijk twee nodig, voor het geval er eentje ziek wordt of zo. Of nog beter, drie!'

'Tuurlijk!' zei Sina half lachend.

'En Dreamy... ja, die kost zeker vierduizend. Misschien drie, als vriendenprijs!'

'Dat is dan echt een koopje!' zei Sina.

Ze keken elkaar aan en schoten in de lach.

's Avonds wachtte Kaya op Claudia. Het was een warme, benauwde zomeravond en ze had buiten gestaan, om de eigenaresse van de manege niet mis te lopen. Claudia was klaar met haar laatste lesuur en wilde net haar huis binnengaan – een oude boerderij die op het manegeterrein

64

lag – toen Kaya naar haar toe kwam. Claudia bleef staan en wachtte.

'Ik denk dat we echt een goede plek voor Dreamy hebben gevonden,' zei ze voor Kaya zelfs maar iets kon vragen.

'Nee hè!' flapte Kaya eruit.

'Ik weet dat je het moeilijk vindt, maar echt, hij wordt een privépony, hoeft niet al te veel meer te doen en met het geld kunnen wij een jongere pony aanschaffen voor de manege.'

'Ik wil helemaal geen jonger paard! Op Dreamy heb ik leren rijden. Met hem heb ik succes. Hij kan toch niet zomaar weggaan!'

'Maar zo zal het voor het meisje dat de pony krijgt, ook zijn. Ze zal op hem leren rijden en succes hebben. En als hij te oud wordt, mag hij bij ons in de wei lekker komen uitrusten!'

'Hoe weet je dat?'

'Dat wordt in het koopcontract vastgelegd!'

'En daar kun je dan op vertrouwen?'

'Natuurlijk.'

Kaya draaide zich om en liep weg. Sina was al naar huis gegaan, om te leren voor het proefwerk Engels dat ze de volgende dag hadden, maar dat proefwerk kon Kaya gestolen worden. Het was nu dus een feit: Dreamy werd verkocht, en blijkbaar was er ook al een koper gevonden. Ze kon wel huilen. Ze was vergeten te vragen voor hoeveel hij was verkocht en waar hij heen zou gaan, maar wat maakte dat nog uit? Er was toch niets meer aan te veranderen.

Kaya was diepbedroefd en vluchtte met haar verdriet naar de box van haar pony. Dreamy stond hooi te eten en brieste toen ze naar hem toe liep. Hij was een geweldig paard, met een groot hart. Hij was te goed voor deze wereld. Uiteindelijk was het altijd en overal hetzelfde. Zulke dingen overkwamen alleen de goeden, de slechten dreven hun zin door, tiranniseerden hun omgeving en gingen als het moest zelfs over lijken.

Ze sloeg haar armen om Dreamy's hals, duwde haar neus in zijn manen en snoof zijn geur op. Hij gaf haar duwtjes met zijn neus, zocht naar iets lekkers, maar Kaya had niets meer. Ze speelde met zijn oren en verborg haar gezicht opnieuw in zijn manen. Ze hield van hem en wilde hem niet kwijtraken.

Ze bleef lang bij Dreamy, aaide hem, vertelde hem wat er zou gaan gebeuren, dat alles goed zou komen, dat hij een prachtig leven zou hebben, en praatte daarmee zichzelf moed in, tot ze merkte dat er dikke tranen over haar wangen rolden. Ze voelde zich zo machteloos, zo verschrikkelijk machteloos!

Toen ze naar huis liep, zag ze op haar horloge dat het veel te laat was geworden. Ze hoopte maar dat niemand het zou merken. Bij het restaurant gekomen gluurde ze eerst van buitenaf de keuken in. Haar vader was nog bezig met opruimen. Haar moeder zat een rekening op te maken. Het was even voor tienen en ze had een besluit genomen: ze zou óf de computer van haar vader stelen óf er de volgende dag met Dreamy vandoor gaan. Ze zou heus wel ergens een geschikte plek voor hun tweeën vinden en ze zou pas terugkomen als Dreamy bij Claudia mocht blijven en niet werd verkocht.

Ze sloop langs de ramen van het restaurant naar het aangrenzende huis, maakte zachtjes de deur open en klom, zonder het licht aan te doen, de trap op.

Toen ze langs de deur van Alexa's kamer liep, werd die opengerukt. Het licht ging aan en Alexa stond voor haar.

'Pap is woest op je. Misschien is het beter dat hij je vanavond niet meer ziet!' Ze sloeg haar armen over elkaar. 'Waar kom je eigenlijk zo laat nog vandaan?'

'Gaat je niets aan.'

'Ik kan ook naar beneden bellen en zeggen dat je eindelijk bent opgedoken!'

'Ga je gang.' Kaya leunde tegen de muur. 'Wat is er dan aan de hand?'

'Hij had zijn computer aangezet en heeft toen gemerkt dat je hebt zitten gamen of zo, weet ik veel. In elk geval heeft hij zich daar vreselijk over zitten opwinden. Het was niet goed afgesloten, zoiets!'

Kaya haalde diep adem. Nu kreeg ze ook nog de schuld van Chris' slordigheid.

'En nog iets: als je Chris nog één keer zulke klinkklare onzin vertelt, weet ik nog niet wat ik met je zal doen.'

Kaya's knieën knikten. 'Wat bedoel je?' vroeg ze.

'Doe niet zo dom, dat weet je best. Die kletskoek van de basketbalspeler met de Porsche! En nu wil hij ook nog met ons naar een of ander concert!'

'En? Wat heb je gezegd?'

Alexa aarzelde, en grijnsde toen.

'Dat mijn vriendje een stikjaloerse vent is en dat ik hem dat in geen geval zou aanraden…'

'Dank je!'

'Nu moet je alleen nog even kijken, waar je voor mij een Porsche met bijbehorende vriend opscharrelt!' Ze lachte nog steeds. 'En misschien dat je Chris dan van me mag hebben!'

'Hoezo? Heb jij hem dan?'

Kaya hing aan haar lippen, maar Alexa nam de tijd, krabde in haar hals en inspecteerde haar nagels voordat ze antwoordde: 'Wat moet ik met een jongen die nog niet eens een computerspel behoorlijk kan afsluiten?' Ze gaf Kaya een knipoog en ging haar kamer weer binnen.

Kaya had haar pyjama al aan en wilde net in bed kruipen, toen er werd geklopt. Haar vader stond in de deuropening. Hij had zijn witte koksjasje nog aan, blijkbaar had hij haast gehad.

'Ik moet jou nog even hebben,' zei hij en hij deed de deur achter zich dicht.

Kaya werd een beetje misselijk. Wat als die stomme computer stuk was?

'Ja?' vroeg ze en ze deed voor de zekerheid een beetje slaperig.

'Ik vraag me namelijk iets af,' zei haar vader en hij stond met drie stappen naast haar bed. 'Sinds wanneer heb jij belangstelling voor computers?'

'O, nou… eh…' begon Kaya gapend.

'En belangstelling voor geschiedenis!'

'Eh… ja.'

'Geweldig! Dat had ik nou niet van je verwacht!'

'Wat bedoel je?' Ze knipperde met haar ogen.

Hij stond voor haar, zijn handen in de zakken van zijn broek en keek op haar neer. Hij leek reusachtig, hoewel hij in werkelijkheid de normale lengte van een West-Europese man had. Ze vond dat hij er eigenlijk nog redelijk jong uitzag, terwijl hij toch al vierenveertig was.

'Ik was woedend,' zei hij en hij streek met een hand over zijn kortgeknipte haar, een kapsel waarmee hij zijn steeds dunner wordende haar probeerde te verdoezelen. 'Ik dacht echt dat de computer gecrasht was.' Hij zweeg even. 'Maar toen heb ik er beter naar gekeken. Het programma van het spel was niet goed afgesloten, dat was alles! En toen dacht ik, als jij je voor computers begint te interesseren, dan wil ik je graag laten zien hoe het moet!'

Kaya was verrast. Ze liet even goed tot zich doordringen wat haar vader net had gezegd, slaakte een opgeluchte zucht en riep: 'Ja, pap, dat vind ik super! Maar kunnen we dat misschien morgenavond doen? Ik ben nu te moe en we hebben morgen een proefwerk Engels!'

'O ja?' Hij keek haar teleurgesteld aan. 'Kun je daar niet onderuit komen?'

En dat zei haar vader!

Hij grijnsde. 'Grapje! Slaap lekker, lieverd!' Hij boog zich naar haar toe en gaf haar een dikke zoen. Ze rook de vertrouwde lucht van zijn aftershave en was het liefst in zijn armen gekropen. Maar ze vond zichzelf tegelijkertijd toch eigenlijk ook te oud voor zulke gedachten. Een beetje treurig keek ze hem na.

Het proefwerk ging niet goed, maar ze had er dan ook nauwelijks iets voor gedaan. Ze voelde steeds het verdriet om het naderende verlies van Dreamy. Daar moest ze iets tegen doen, want ze wilde geen slechte cijfers halen. Maar het was heel moeilijk om te stoppen met piekeren.

Op woensdag was het restaurant altijd gesloten. Kaya's moeder kookte dan altijd in het woonhuis, zodat haar vader één avond per week niet in de keuken hoefde te staan.

Alexa had in de grote huiskamer de tafel gedekt en Kaya kwam net de kamer binnen toen de heerlijke kruidige lucht van reepjes vlees in currysaus haar neus binnendrong. Het water liep haar in de mond.

'Jij mag vandaag afruimen,' zei Alexa terwijl ze voorbijliep. Alexa deed nooit iets te veel.

Kaya liep terug naar de gang, gooide haar tas op de grond onder de kapstok en kwam weer de kamer in. Ze keek naar haar vader, die in zijn rode stoel zat en het tijdschrift *Geo* las. Dat deed hij altijd op zijn vrije dag. 's Morgens ging hij eerst joggen en daarna las hij zijn lievelingstijdschrift. Haar moeder zei altijd dat het vast de Waterman in hem was, die 'het open raam zocht om door te kunnen ontsnappen.'

Als dat klopte, dan had Kaya de aard van haar vader geërfd. Op dit moment zocht ze in elk geval ook een open raam om door te ontsnappen, alleen was ze geen Waterman maar Tweelingen.

'Hoi pap!' zei ze en ze liep de keuken in. Die was niet groot, maar goed ingericht, zoals het hele huis trouwens.

Het was een oud vakwerkhuis met oorspronkelijk kleine, smalle kamers, die op de begane grond tot één grote woonruimte waren omgebouwd door een architect.
Een paar blootgelegde steunbalken werkten als schei-
dingswand. Er was een open keuken, een eethoek en het
ruime zitgedeelte bij de open haard met een bank en een
paar fauteuils. Het heiligdom van Kaya's vader was zijn
roodleren stoel die voor een van de smalle zijramen stond,
die van de vloer tot aan het plafond reikten. Het was zijn
leeshoek, waar hij 'buiten bereik' was, zoals hij het zelf
noemde. Hij had daar niets anders nodig dan een lees-
lamp, een bijzettafeltje en de koptelefoon van de stereo-
installatie. Vanuit zijn stoel kon hij ook in de tuin kijken. Daar bloeide op dat moment van alles door elkaar,
hoewel er ook een klein gedeelte was waarin zijn keu-
kenkruiden groeiden.

'Hé, hoe ging Engels?' vroeg haar moeder. Hoe wist ze
dat? Dat had Kaya haar helemaal niet verteld. Van pap zeker. Moeders hielden alles bij en wilden altijd alles weten.

'O, ging wel!' Kaya zette zich schrap.

'Had je er wel voor geleerd?'

Dacht ze het niet? Waarom was ze eigenlijk binnengekomen?

'Natuurlijk had ik geleerd!'

'Wanneer dan?' Haar moeder had haar aandacht nu helemaal van de pan op het fornuis naar Kaya verplaatst.

'Eten we vleesreepjes met currysaus? Mmmm! Lekker!'
probeerde Kaya haar af te leiden.

Haar moeder veegde een paar donkere krullen uit haar
gezicht. Ze was net veertig geworden en zag er – zo op

haar blote voeten, in een spijkerbroek met een witte po-
lo erop – goed uit. Toch vond Kaya het elke keer vreselijk als ze met haar moeder werd vergeleken. Ze kon het
'Als twee druppels water!' niet meer horen en daarnaast
was ze het er helemaal niet mee eens. Zelfs hun haarkleur
was compleet verschillend.

'Het is vast goed gegaan,' zei ze sussend, terwijl ze de
kamer weer in liep. Haar vader had nog geen enkele moeite genomen om uit zijn roodleren fauteuil met uitklapba-
re voetensteun te komen. Hij was tevreden ingedut en
stelde geen pijnlijke vragen. Kaya ging aan tafel zitten. De
sla stond al in een grote houten bak op tafel en ze viste er
een blad uit.

'Wanneer heb je tijd voor de computer?' wilde haar vader weten. Hè verdorie, nu was hij wakker.

'We hebben morgen een natuurkunderepetitie,' loog ze.
'Ik wilde na het eten naar Sina om te leren.' Tweede leu-
gen. Ze zou nooit in de hemel komen.

'Ik kan je ook overhoren!'

De dag werd steeds slechter.

Ze schudde haar hoofd. 'Nee joh, geniet jij nou maar
van je vrije dag, pa. Sina en ik doen het samen en daarna
moet ik ook nog even naar de manege!'

Dat klopte en daardoor leken de twee eerdere leugens
minder ernstig.

'Wat is daar voor spannends aan de hand?'

Dit was haar kans!

Ze stond op, liep naar haar vader toe en hurkte naast
zijn stoel neer.

'Pap, ik ben doodongelukkig!'

Hij legde het tijdschrift op zijn benen, zei niets en keek naar de keuken. Doodongelukkige meisjes waren eigenlijk de afdeling van zijn vrouw, maar die was nu niet bereikbaar.

'Waarom dan?'

'Hebben wij helemaal geen geld?' was Kaya's vraag in plaats van een antwoord.

Haar vader maakte een gebaar naar alles om hen heen. Het was duidelijk wat hij bedoelde. De hypotheek op het huis moest worden betaald, de verbouwing…

'Helemaal niets?' vroeg ze nog eens.

'Waarom?'

'Dreamy wordt verkocht! Mijn Dreamy, waarmee ik net derde ben geworden bij de Ponycup. De pony waarop ik heb leren rijden, pa! Hij is zo'n schat en hij kost niet veel!'

'Zelfs als hij niet veel kost, wat komt er dan per maand nog bij? De huur van de box, de dierenarts, de hoefsmid, zijn hoofdstel, zijn zadel, zijn verdere uitrusting…'

'Die heeft hij al!'

'Ach Kaya.' Nu keek hij haar recht in haar ogen en legde een hand op haar schouder. 'We kunnen het echt niet betalen!'

Kaya zakte enige centimeters in elkaar.

'Als het wel zo was,' zei haar vader, 'dan hadden we voor Alexa al een paard kunnen kopen. Zij heeft er ook geen gekregen.'

'Alexa kan ook op Dreamy rijden. Dan heb je twee vliegen in een klap!' Alexa zou zeker niet op Dreamy willen zitten, maar dat hoefde haar vader niet te weten.

Hij sloeg zijn *Geo* dicht, legde het blad op het bijzet-

tafeltje, klapte de voetsteun terug, liet de stoel van de lig-
naar de zitstand glijden en ging weer zitten.

'Weet je, lieverd, de dingen gaan nou eenmaal niet altijd zoals wij zouden willen. Als jij je eindexamen haalt,
gaat studeren en een goede baan vindt, kun je later zelf
een paard kopen. Dat heb je zelf in de hand!'

'Later interesseert me niet,' zei ze en ze voelde tot haar
ergernis de tranen in haar ogen springen. 'Ik leef nu!'

De meisjes in de manege stonden allemaal aan Kaya's kant. Of ze nu wel of niet op Dreamy hadden gereden, ze steunden haar die middag allemaal. Eén meisje stelde zelfs voor om in hongerstaking te gaan, maar dat vond Kaya geen goed idee. Het leek te veel op grote politiek en daarnaast wist ze zeker dat ze niet lang 'nee' kon blijven zeggen tegen een lekker knapperig broodje kaas, mams spaghetti met de verrukkelijke saus of paps geweldige toetjes.

Samen hadden ze Claudia nog een keer met argumenten gebombardeerd, maar ze was niet meer te overtuigen. 'Dreamy krijgt het in elk geval beter dan hij het nu heeft,' zei ze voor de tigste keer. De meisjes konden die onzin inmiddels niet meer horen.

Later die middag verhuisden ze naar de hooizolder. Daar hadden ze een geheime schuilhoek gemaakt. Beschermd door balen hooi zaten ze met zijn vijven in een kringetje, met een hooibaal als tafel in het midden.

'Weet iemand eigenlijk wie de nieuwe eigenaar is?' vroeg Cindy, die vuurrood haar had en een gezicht vol zomersproeten, en die bij dat rode haar en die sproeten vaak nog knalrode shirtjes droeg ook.

Niemand gaf antwoord. Ze haalden allemaal hun schouders op.

'Maar we kunnen toch geen actie voeren als we niet eens weten waar Dreamy heen gaat?' Dat was Minka. Zij was altijd iets voorzichtiger.

Reni sprong op. 'Dat doet er toch niet toe? Weg is weg!' Het meisje had de bouw van een bokser, stevig en gespierd. Als ze niet op een paard zat, trainde ze op het voetbalveld. Ze snoot driftig haar neus en liet zich weer in het hooi zakken. 'In elk geval is het gemeen tegenover Dreamy!'

Ze knikten allemaal.

'Wat vind jij, Fritzi?' vroeg Reni aan het meisje naast Minka.

'Helemaal mee eens!' was haar antwoord. Eigenlijk heette ze Frederike, maar ze werd op de manege altijd Fritzi genoemd. Ze was de dochter van een leraar, en dan ook nog eens een leraar van haar eigen school. Voor Fritzi zelf goed wist wat er aan de hand was, was haar vader vaak al helemaal op de hoogte. Niemand was jaloers op haar, ook al niet, omdat Fritzi's ouders elke zomervakantie een 'leerzame reis' met hun kinderen maakten, terwijl de andere meisjes de grootste lol hadden in de manege. Als er dus iemand was die wist wat gemeen was, was het Fritzi wel.

'Dreamy hoort hier thuis,' zei Kaya nog maar eens.

'En hij denkt vast dat hij bij jou hoort,' zei Reni.

Iedereen keek Kaya aan.

Minka knikte. 'Natuurlijk! Hij beleeft tenslotte alle span-

76

nende en leuke dingen altijd met jou, Kaya. En jij verzorgt hem altijd. Dus hoort hij thuis bij *jou*!'

Ze stemden allemaal volmondig in, ook Kaya zelf. Maar toen wist niemand meer iets te zeggen en vielen ze stil.

Even later schraapte Fritzi haar keel. Ze zei langzaam en duidelijk, als een leraar op school: 'Als je iets wilt bereiken, moet je dat bekendmaken. Je organiseert een actie, iets waarmee je de aandacht trekt!'

'Klinkt goed,' vond Cindy, terwijl ze wat hooi uit haar rode pijpenkrullen trok. 'Maar waar denk je dan bijvoorbeeld aan?'

Fritzi grijnsde van oor tot oor. 'Ik heb een idee,' zei ze geheimzinnig. 'Daarmee halen we de krant, dat weet ik zeker! En wie de media achter zich heeft, heeft de mensheid achter zich!'

'Hoor haar eens even!' Reni ging rechtop zitten en liet haar vingers knakken. 'Vertel!'

'Maar dan moeten we elkaar steunen, door dik en dun!' Fritzi boog zich naar de hooibaal die als tafel diende. 'Als je mee wilt doen, leg dan nu je hand op de mijne.'

'Maar waaraan doen we mee?' wilde Cindy weten.

'Dat hoor je zo!' Fritzi legde haar rechterhand op het hooi. Kaya legde meteen haar rechterhand op die van Fritzi. Minka en Reni volgden Kaya's voorbeeld. Alleen Cindy aarzelde. 'Is het gevaarlijk?'

'O ja, jij bent pas twaalf. Dat was ik even vergeten,' zei Fritzi die al veertien was. Ze keek Cindy met medelijden aan en voegde eraan toe: 'Maar je kunt het. Dat weet ik zeker!'

Cindy bleef even stil.

'Dus, doe je mee?' vroeg Reni.

En ja, ook Cindy legde haar hand op die van Reni voor de Plechtige Belofte.

Rond middernacht trok een bijzondere stoet door het dorp. Vijf donker geklede gestalten liepen met een grote pony in hun midden aan de teugel. Om de hoeven van de pony hadden de meisjes oude lappen gebonden tegen het lawaai. Dreamy begreep niet zo heel goed wat ze met hem van plan waren, maar de meisjes hadden grote wortels in de zakken van hun jassen en dat was voor hem genoeg reden om gehoorzaam mee te gaan.

'Als mijn moeder erachter komt dat mijn bed leeg is, belt ze de politie!' Cindy huiverde even.

'Hoe moet ze dat merken? Ze rent toch zeker niet elk uur de trap op, naar je kamer?' Fritzi hing de stoere meid uit, maar ze was zelf ook bloednerveus. Zij moest er ook niet aan denken dat haar vader haar bed leeg vond.

Kaya had Dreamy aan de teugel en praatte steeds op zachte, sussende toon tegen hem – wat niet echt nodig was, omdat de pony helemaal niet van plan was zich op te winden. Hij stapte rustig tussen de meisjes mee en de lappen om zijn voeten dempten keurig het geluid van zijn hoeven op de straat. Zijn oren draaiden vrolijk alle kanten op, maar vooral naar achteren, waar Reni met een grote kruiwagen met hooi, emmers, voer en een stapel dekens liep.

Na ruim een kwartier had de groep hun doel bereikt. Groot en donker doemde de sporthal voor hen op. De buitenkant werd maar door een enkele straatlantaarn verlicht, wat een spookachtig effect gaf.

Reni liep met de kruiwagen doelbewust naar de achter-ingang. De anderen volgden met Dreamy. Bij de achterdeur trok Reni een rinkelend bosje sleutels uit de zak van haar jack. Dreamy stak nieuwsgierig zijn hoofd naar haar uit.

'Hij vindt het vast fijn in de hal,' zei Fritzi lachend. 'Is het geen prachtplan?'

'Het slaat in als een bom, let maar op.' Reni glimlach-te breed en gaf liefkozende klopjes op Dreamy's hals. 'En we hoeven echt niet bang te zijn dat mijn pa de la open-trekt waar de sleutels normaal gesproken in liggen.'

Reni's vader had een schoonmaakbedrijf, dat ook de sporthal schoonmaakte na evenementen of sportwedstrij-den. Zo was Reni aan de sleutels gekomen. Ze gaf Drea-my weer een aai. 'Dit wordt een spannende nacht, lieve dromer!'

Ze draaide de deur van het slot, gaf de kruiwagen aan Minka en liep als een slaapwandelaar de donkere gang in. 'Geen licht aandoen!' zei ze over haar schouder. 'Dan ver-raden we ons en is alles voor niets geweest.'

De anderen knikten zonder iets te zeggen – wat Reni natuurlijk niet kon zien – en liepen achter haar aan. Drea-my rolde met zijn ogen, zodat er even iets van het oog-wit te zien was. Voor een deur bleef de pony staan, want hij leek hem te laag en te smal. Kaya moest hem er zacht-jes doorheen praten en dat lukte.

Ze liepen de eigenlijke hal binnen die verlicht werd door de maan. Reni wees naar een donkere hoek. 'Daar ma-ken we onze slaapplaats, want daar zijn de toiletten. En dan hebben we mooi water en een plek voor Dreamy's vijgen in de buurt!'

'Dreamy kan toch niet op een gewone wc?' zei Cindy zachtjes, maar niemand gaf antwoord. De grootste deken werd op de grond uitgespreid. Een van de meisjes vulde op de toiletten een emmer met water en zette die voor de pony neer. Maar Dreamy dronk niet. Hij had blijkbaar geen dorst.

Een tweede emmer werd naast de emmer met water neergezet. 'Kijk, Cindy. Dit is Dreamy's wc,' zei Fritzi. 'Die kunnen we onder hem houden zodra hij moet plassen of poepen!'

Cindy knikte.

Met zijn vijven gingen ze toen rond drie waxinelichtjes zitten die Kaya had aangestoken. Die lichtjes had ze, met een grote zak chips en twee flessen cola, meegenomen uit het restaurant.

Een tijd later ging Dreamy op de grote deken liggen. De meisjes waren intussen ook duidelijk. Ze kropen onder de meegebrachte dekens, dicht tegen het paard aan.

'Welterusten allemaal. Ik heb hier een zaklamp voor als er iemand naar de wc moet vannacht,' zei Kaya, terwijl ze de waxinelichtjes uitblies.

Algauw lag iedereen diep te slapen. Kaya lag zelfs met haar hoofd in de holte van Dreamy's hals. Ze droomde dat haar moeder haar de volgende ochtend wakker kwam maken en het briefje vond dat ze, net als de andere meisjes, op haar kussen had gelegd. Op dat briefje stond:

Dreamy mag niet worden verkocht.
Daar vechten we samen voor!

We hebben hem in veiligheid gebracht,
en blijven vannacht bij hem.
Maak jullie geen zorgen, alles gaat goed!
Groetjes, Kaya en de anderen.

De volgende morgen stond Dreamy al om zes uur op. Hij maakte iedereen wakker.

'Hij wil eten,' zei Kaya slaperig en ze pakte de emmer met brokken.

'Ik heb ook trek,' meldde Reni zich, terwijl ze naar Kaya's tassen kroop. 'Er is brood en kaas!' riep ze. 'Wie wil?'

'Ik ben bang!' Dat was Cindy. 'Mijn moeder krijgt vast een hartverlamming!'

'De mijne ook!' Minka was rechtop gaan zitten en gaapte. 'Maar mijn vader wordt waarschijnlijk razend en ik weet niet wat erger is!'

'We doen het voor een goed doel, vergeet dat niet!' Fritzi trok haar T-shirt recht en haalde haar schouders op. 'Nu hoeven we alleen maar te wachten tot ze op de redactie van de krant onze e-mail hebben gelezen, en dan gaat de zaak rollen!'

Ze viste haar mobieltje uit haar broekzak. 'Ik zet hem pas om tien uur aan, anders worden we gek van het gebel!'

'En wat doen we als de beheerder opeens voor onze neus staat?' wilde Minka weten.

Reni wuifde dat bezwaar weg. 'Daar hoeven we niet bang voor te zijn. Het is hier 's morgens altijd een dooie boel. Alleen in het weekend wordt er gesport.' Ze sneed grote stukken van het brood af, belegde ze met kaas en deelde ze uit. 'Laten we eerst even rustig eten. Er is nog cola. Tot tien uur is nog een hele tijd.'

Toen Fritzi om precies tien uur haar mobiel aanzette, had ze al tien gemiste oproepen en een paar sms'jes.

'Zei ik het niet? De boel loopt!' riep ze, terwijl ze Kaya het schermpje liet zien.

'Oké,' zei Kaya. Ze stond op en haalde diep adem. 'Dan gaat het nu beginnen, mensen!' Ze drukte Dreamy een kus op zijn neus en keek in zijn donkerbruine ogen. Toen draaide ze zich om naar de anderen, die intussen allemaal overeind waren gekomen. 'Meiden, het is erop of eronder!'

'Geen zorgen, het gaat lukken!' zei Minka vol zelfvertrouwen. Ze sloeg haar armen over elkaar.

Op dat moment rinkelde de mobiel. Fritzi keek op het schermpje en las voor: 'Onbekend nummer.' Ze gaf de mobiel door aan Kaya. Die nam het risico, nam op en zei: 'Hallo?'

'Met Peter Gropper van de plaatselijke krant,' zei een mannenstem.

Kaya's hart begon gelijk sneller te kloppen en haar hand trilde.

'Hallo!' zei ze nog een keer.

'Klopt het verhaal? Vijf meisjes ontvoeren een pony, omdat ze niet willen dat hij wordt verkocht?'

'Ja! We zitten hier allemaal bij elkaar. De pony ook!'

'Ja, dat weet ik al. Ik heb de eigenaresse van de manege gesproken!' Hij had een prettige stem, net als die van een nieuwslezer volkomen rustig en zonder emotie.

'O ja? En wat zei ze?'

'Wat denk je dat ze zei?'

Kaya zweeg en liet haar blik langs haar vriendinnen dwalen. Ze keken haar allemaal met vragende ogen aan, alleen Cindy's gezicht stond nog steeds angstig.

'Geeft ze toe?'

Nu lachte de journalist en dat verbaasde Kaya. Wat als hij helemaal geen artikel over Dreamy's ontvoering wilde schrijven? Wat als hij het verhaal niet spectaculair genoeg vond voor de krant?

'Ze wil haar pony terug,' zei hij en meteen daarna: 'En jullie ouders willen hun kinderen terug, want zij zijn hier namelijk ook!'

'Waar bedoelt u met *hier?*'

'Bij ons op de redactie! Ze zijn met de eigenaresse van de manege hierheen gekomen. En nu wil ik graag weten waar jullie zitten!'

Kaya aarzelde. 'Een ogenblik, alstublieft!'

Ze legde een hand op de mobiel. 'Ze zijn allemaal bij de krant. Claudia, onze ouders, iedereen. En hij vraagt nu waar we zitten. Als ik het zeg, komen misschien alleen onze ouders met Claudia hierheen, dan krijgen we natuurlijk enorm op onze kop maar verschijnt er geen woord in de krant!'

Ze keken elkaar aan. Dreamy brieste en schudde met zijn manen.

'Je moet het hem vragen,' fluisterde Fritzi. 'We zeggen alleen waar we zitten als hij zweert dat het in de krant komt!'

Ze knikten allemaal en Kaya gaf het zo door. Opnieuw

legde ze daarna haar hand op de mobiel. 'Hij zweert dat hij erover zal schrijven!'

'Nou, zeg het dan maar tegen hem,' zei Reni.

Kaya hoorde de journalist nog praten. Ze hield vlug de mobiel weer tegen haar oor en liet hem toen zakken. 'Ze komen allemaal hierheen. De journalist met zijn camera, de politie, onze ouders en Claudia!'

Uit het mobieltje klonk nog steeds gepraat. Kaya drukte het ding weer tegen haar oor.

'Hij wil weten hoe onze groep heet!'

Ze keken elkaar met grote ogen aan.

'De Wilde Amazones!' riep Minka.

'De Wilde Amazones,' herhaalde Kaya in de mobiel, 'en we zijn in de oude sporthal!'

Ze verbrak de verbinding.

'De Wilde Amazones,' herhaalde Fritzi langzaam, waarna ze allemaal van opluchting begonnen te lachen.

'Een voor allen!' riep Kaya.

'En allen voor Dreamy!' riep de rest in koor. Ze gaven elkaar een high five, vielen Dreamy om de hals en legden toen, net als eerder op de hooibaal, hun handen op elkaar op de kont van de pony.

Een kwartier later was het opeens heel druk bij de sporthal. Peter Gropper kwam als eerste met een camera de hal binnen. Hij was jonger dan Kaya afgaand op zijn stem had gedacht. Hij had ongeveer haar vaders leeftijd en was tamelijk lang en fors gebouwd. Ze had zich eerder een man zoals haar leraar Duits voorgesteld, bijna zestig, gedrongen, met een buikje. Ze vond hem meteen aardig.

84

De journalist lachte geamuseerd toen hij het bijzondere gezelschap in de hoek zag en schudde ongelovig zijn hoofd.

Cindy en Minka rolden een stuk behangpapier af dat Reni vroeg in de ochtend nog met een dikke viltstift had beschreven. Ze hielden het omhoog:

ALS DREAMY WEGGAAT, GAAN WIJ OOK WEG!!

Dat stond er in grote letters, met ernaast een paardenhoofd. Reni vond de tekening mislukt, maar dat maakte niemand iets uit. Het was de mededeling die telde.

'Jullie hebben wel moed!' zei Peter Gropper goedkeurend. Hij gaf Dreamy een klopje op zijn hals en liep toen een paar stappen naar achteren om een goede positie voor de foto te zoeken.

'Goed, jullie twee, ja, hou die spreuk maar boven de pony en ik wil graag dat de rest eromheen komt staan, zodat ik iedereen kan zien.' Hij maakte een paar foto's. Toen wendde hij zich tot Kaya. 'Kan de pony op bevel gaan liggen? Het zou leuk zijn als jullie er allemaal omheen gingen liggen, zoals jullie dat waarschijnlijk vannacht ook hebben gedaan?'

'Het is inderdaad zo gegaan,' bevestigde Kaya. Ze haalde met een spijtig gezicht haar schouders op en zei: 'Maar op commando gaat het niet. We hebben wel een vrouw in de manege die dat met haar eigen paarden kan, maar ze heeft het Dreamy nog niet geleerd!'

'Kan die vrouw niet even komen?' vroeg de journalist met een grijns. 'Het zou een fantastische foto opleveren…'

De meisjes lachten. 'Dreamy zou ook moeten oefenen,'

zei Minka. 'Het is net zoiets als een turnster die een handstand-overslag moet maken, maar de handstand nog niet eens onder de knie heeft.'

'Oké. Jammer!' Peter Gropper stak zijn handen hulpeloos in de lucht en viste daarna een balpen uit de zak van zijn jas. 'Vertel dan maar eens wat dit allemaal is, waarom jullie dit doen en hoe het verder zou moeten gaan.'

Er kwamen steeds meer mensen binnen. Claudia hield zich op de achtergrond, wat ze anders nooit deed. De ouders stonden vóór haar en keken verbaasd naar de rommelige slaapplaats, naar het grote spandoek en naar Dreamy die alles heel rustig stond te bekijken. En natuurlijk keken ze naar hun eigen dochters, die zo in opstand waren gekomen. Ze zeiden niets, misschien omdat er ook twee agenten bij waren. Een paar ouders hadden in lichte paniek toch de politie gebeld, toen ze 's morgens alleen maar een briefje in het lege bed van hun dochters hadden gevonden.

Het was voor het aantal mensen verbazend rustig in de sporthal. De enige die drukte maakte was de beheerder. Ook de handbalcoach was er intussen, maar zij kon haar lach nauwelijks inhouden.

'Huisvredebreuk! Dat is volkomen duidelijk,' mopperde de beheerder luid en daarbij rinkelde hij betekenisvol met zijn sleutelbos. 'Dit zal zeker een vervolg krijgen!'

Een van de agenten, die naast Kaya's moeder stond omdat hij heel vaak in De Landsknecht kwam eten, keek rond en vroeg: 'Wil er iemand eigenlijk aangifte doen?'

'De sporthal is van de gemeente. Of er aangifte wordt gedaan, is dus aan de burgemeester,' verklaarde de beheer-

86

der onmiddellijk. 'En de schade is nog helemaal niet in te schatten! Paardenhoeven op een vloer van hoogwaardige kunststof! Dat zal die kinderen duur komen te staan!'

Meneer Zonnig, Kaya zag hem nu, deed een paar stappen naar voren. 'Windt u zich toch niet zo op,' zei hij tegen de beheerder. 'De meisjes hebben zelfs lappen om de hoeven van de pony gewikkeld, zodat er niets kon gebeuren! Waar is de vloer dan beschadigd?'

'Dat moet de burgemeester beslissen,' zei de beheerder weer.

Achter hen was nu een nieuwe stem te horen en iedereen draaide zich om. 'Wat moet ik beslissen?' Dat was meneer Kenner, de burgemeester. Hij was net de hal binnengekomen, gevolgd door een lid van de gemeenteraad. 'We zijn gebeld door de politie,' zei de burgemeester. 'Het gaat hier dus om een demonstratie.' Hij keek zoekend om zich heen. 'En mijn dochter is er niet bij?'

Enkele volwassenen lachten. Peter Gropper schreef ijverig mee.

'Hoezo? Rijdt ze ook?' wilde Kaya nieuwsgierig weten.

De burgemeester lachte. 'Nee, maar ze is er eigenlijk altijd bij als er ergens iets aan de hand is!' De burgervader liep in vrijetijdskleren. Hij had een donkerblauwe trui aan op een beige zomerbroek en zag er allesbehalve geïrriteerd uit. 'Jullie vechten dus om deze pony. Begrijp ik dat goed?' Hij liep naar Dreamy en aaide hem over zijn neus. Peter Gropper nam enthousiast nog een foto.

'Hij moet weg. Hij is van de manege en ze willen hem verkopen,' legde Minka uit. 'En wij willen niet dat hij weggaat. We kennen hem sinds we zijn begonnen met paardrijden en hij is altijd bij ons. Ergens anders wordt hij vast ongelukkig!'

'En Kaya moet dan wedstrijden rijden zonder wedstrijd-pony. Hoe moet ze dat doen?' vroeg Reni.

'En het is gewoon zo'n lieverd!' voegde Cindy eraan toe.

'Ja, ja,' zei de burgemeester. Hij keek Claudia aan en vroeg: 'Wat is nu precies het probleem?'

Claudia zuchtte diep en sloeg haar armen over elkaar. 'Hij kost geld, wordt oud en nu kan ik hem nog tegen een goede prijs verkopen, zodat ik voor de manege een jongere pony kan aanschaffen!'

'Die niet zo goed is als Dreamy!' zei Kaya.

'Die wel zo goed wordt!'

De meisjes gingen weer dicht bij Dreamy staan. Kaya zag dat haar moeder haar vader een zachte por in zijn zij gaf. Maar haar vader haalde zijn schouders op, schudde zijn hoofd en fluisterde haar iets in haar oor. Kaya's laatste hoop werd de bodem ingeslagen.

'Kunnen we hier nog eens rustig over praten? Misschien wordt er wel een oplossing gevonden,' zei de burgemeester.

Claudia fronste haar wenkbrauwen. 'Midden in de nacht met het dier over straat lopen? Dat kan toch niet? Waar moeten we het dan nog over hebben? Er had van alles kunnen gebeuren!'

'In deze kleine stad gebeurt nooit iets. Dat zou de eerste keer zijn,' zei meneer Kenner grijnzend.

'Wilt u nu eigenlijk namens de gemeente aangifte doen?' vroeg een van de agenten. 'Wegens huisvredebreuk?'

De beheerder hield zijn rinkelende sleutelbos stil om alles beter te kunnen verstaan en alle anderen hielden hun adem in.

'Wat vindt u?' vroeg de burgemeester aan de handbalcoach. 'Is er iets beschadigd?'

'Ik zie niets wat beschadigd is,' was haar prompte antwoord.

'Geen wonder. Er liggen nog dekens op de vloer!' zei de beheerder. 'Maar onder die dekens...'

'De kinderen hebben het goed voorbereid door alles met dekens af te dekken, vind u ook niet?' vroeg de coach aan de burgemeester.

'Ja, ze zijn heel voorzichtig te werk gegaan!' De burgemeester knikte en keek om naar zijn gemeenteraadslid. 'Wat vind jij? Kan dit huisvredebreuk zijn, als vijf meisjes met een pony een deur van het slot draaien, een hal binnengaan en daar samen vredig in een hoek overnachten?'

'Ik dacht het niet!' zei het gemeenteraadslid.

'Was de demonstratie eigenlijk aangemeld?' kwam de beheerder met zijn laatste troef.

'Nu moet u ophouden,' zei Kaya's vader. Hij deed een stap naar voren. 'Als u 's avonds bij ons uw volksliederen met luide stem staat te zingen, vraag ik toch ook niet, of u daarvoor de verschuldigde Buma-rechten gaat betalen?'

Het bleef even stil en toen begon iedereen te lachen. De burgemeester knikte. 'Goed, dan is dit afgehandeld. Ik stel voor dat jullie de pony nu terugbrengen. Wij, volwassenen, zien dit als een moedige actie en ik ga met Claudia praten. Misschien is er voor Dreamy en jullie wel een betere oplossing dan vanaf nu in de sporthal te kamperen.'

Hij gaf de beheerder een collegiale knipoog. Maar die bleef star voor zich uitkijken.

Toen ze met Dreamy terugkwamen in de manege, werden ze met applaus ontvangen. De Wilde Amazones waren eigenlijk stomverbaasd dat ze van niemand op hun kop kregen. Ook niet van Claudia, toen ze weer met hen alleen was. Ze zei helemaal niets over hun actie. Pas toen Dreamy in zijn box op het voer aanviel, dat 's morgens nog in zijn voerbak was beland voordat iemand gemerkt had dat hij verdwenen was, zei Claudia met een scheef lachje: 'Nou ja, jullie hebben hem in elk geval goed verzorgd. Dat moet ik zeggen!'

En toen barstte ze echt in lachen uit. 'Zijn hoeven omwikkeld met doeken. Het lijkt het Wilde Westen wel! Hebben jullie eigenlijk wel een foto gemaakt van jullie nachtelijke uitstapje?'

De vijf keken elkaar aan. Aan hooi hadden ze gedacht, aan waxinelichtjes, aan brokken voor Dreamy, aan emmers en dekens, maar aan een camera?

Ook thuis kreeg Kaya geen verwijten te horen. Dat vond ze bijzonder. Ze was tenslotte 's nachts weggeslopen, had in het restaurant chips, cola en waxinelichtjes gepikt en een pony ontvoerd. Bovendien had ze nog gespijbeld ook. Er klopte eigenlijk helemaal niets van. Maar ze had het rare gevoel dat het eerder haar ouders waren die een slecht geweten hadden dan zij.

Toen Alexa 's middags thuiskwam, wist ze alles al.

'Het is in de hele stad het gesprek van de dag,' zei ze en ze klopte Kaya op haar schouder. 'Mijn kleine zusje is een grote beroemdheid. Jij en je Wilde Amazones!'

Kaya was verbaasd. 'Hoe weet jij dat van de Amazones? Dat weet die journalist toch alleen maar!'

'En zit zijn zoon Julian niet stomtoevallig bij mij in de klas?'

'O ja? Julian?'

'Ja, Julian!' Ze wierp Kaya een wantrouwige blik toe. 'Je vindt hem toch niet ook leuk, hè?'

Kaya tikte tegen haar voorhoofd. 'Een voetballer!' zei ze. 'Hoe bedenk je het! Wat moet een voetballer nou met een ruiter?'

'Als ze in het weekend niet op elkaars lip zitten, werkt het uitstekend,' grijnsde Alexa.

'En als paardrijden en voetballen tegelijkertijd op tv komen?'

'Dan schaf je een tweede tv aan!'

'En als hij voor de buis constant bier drinkt en zakken chips wegwerkt?'

'Als jij dan rondloopt met je stallucht om je heen staan jullie quitte.' Ze liep naar de deur om in het restaurant te gaan eten, en zei nog: 'Nu je het zo zegt, ik denk dat Julian en jij juist uitstekend bij elkaar zouden passen!'

Ze was weg voor Kaya nog iets kon roepen.

De volgende dag stond het nieuws rond Dreamy met vette koppen in de krant: een groepsfoto van hun allemaal met het spandoek en een foto van de burgemeester die Dreamy over zijn neus aaide.

VIJF MEISJES VECHTEN VOOR EEN PONY
Ontvoering moest verkoop dwarsbomen –
Meisjes en paard overnachtten in sporthal.

En daaronder had Peter Gropper inderdaad tot in detail beschreven hoe alles in zijn werk was gegaan. Dat Kaya bij de Bodenmeer Classics Ponycup als derde met Dreamy was geëindigd en dat dit succes de aanleiding was geweest tot de verkoop van Dreamy. Dat de meisjes echter vonden dat ze die verkoop moesten dwarsbomen. Dat een van de ouders had gezegd dat de meisjes de moed hadden gehad om voor hun eigen mening uit te komen. 'Ze doen iets wat wij niet meer durven. Zij protesteren, wij slikken!'

Wie had dat gezegd? Kaya's eigen ouders? Deden ze daarom gisteravond zo aardig, of kwam het doordat ze graag te hulp waren geschoten door Dreamy te kopen, maar dat simpelweg niet konden betalen?

Dat was pas een *happy end* geweest, dacht Kaya die ondanks alles bang was dat er geen *happy end* zou komen.

Ze had de krant bij het ontbijt in haar rugzak gestopt zodat als een van de leraren naar de reden van haar spijbelen zou vragen, ze zwart op wit de reden kon laten zien in de krant. Ze zette net haar bord en kopje op het aanrecht, toen haar moeder de keuken binnenkwam. Dat deed ze rond deze tijd maar zelden, want ze lag door het restaurant vaak pas laat in bed. Ze had een rode badjas aan en zag er moe uit, maar ze streek Kaya even over haar rug. 'Ik moet er steeds aan denken hoeveel die pony voor je betekent. En als we meer geld zouden hebben, zouden we hem meteen voor je kopen. Dat weet je. Maar het leven is duur, we moeten nog heel veel betalen aan het huis en kunnen het eigenlijk allemaal maar net redden. Ik vind het heel erg voor je, schat!'

Kaya knikte zonder iets te zeggen. Ze voelde dat de tranen in haar ogen sprongen. Aan de ene kant vond ze het heel fijn dat haar ouders erover hadden nagedacht. Aan de andere kant betekende dit het einde van haar dromen.

'Ik heb de krant bij me,' zei ze vlug terwijl ze haar haar uit haar gezicht veegde. 'Jullie kunnen…'

'Geen probleem. We halen er nog wel een,' zei haar moeder. 'En vergeet niet dat we ondanks alles verschrikkelijk veel van je houden.'

Dit was nu meer dan ze kon verdragen. Ze liep vlug naar buiten en was blij toen ze de koele ochtendlucht op haar wangen voelde.

Alle leraren hadden het erover. Zelfs de wiskundeleraar had commentaar. En toen liet hij hen uitrekenen hoeveel pony's in een sporthal met een oppervlakte van driehonderd vierkante meter zouden passen, als elke pony twaalf vierkante meter plaats voor hemzelf en zijn vijf vriendinnen nodig zou hebben. Ze kreunden en steunden allemaal en vonden het maar flauw.

'Daarover maak je toch geen grappen,' zei Sina iets te hard.

'En al helemaal geen sommen,' vond Kaya.

In de grote pauze konden ze er eindelijk over praten. Sina was bijna een beetje beledigd. 'Je had me echt wel mee kunnen nemen!'

'Maar Sina, je bent toch bang voor paarden!'

'Maar een ontvoering voor een goed doel is iets heel anders. Ik was er graag bij geweest!'

De meisjes en de actie waren die dag het onderwerp van gesprek en Kaya werd om de haverklap erover aangesproken. Op weg naar huis zelfs door de buurvrouw, een vrouwtje van 87 jaar. Ze had blijkbaar voor het raam op de uitkijk gestaan, want toen Kaya langskwam, trok ze het raam open en vroeg ze of ze even wilde wachten. Daarna deed ze de huisdeur open. Ze had een reep chocola in haar hand.

'Dat was zeker tegen de wet,' zei de oude dame lachend en alle rimpels in haar gezicht lachten mee, 'maar als je niet vecht voor de dingen waar je van houdt, heb je daar je leven lang spijt van.' Ze gaf de chocola aan Kaya en knikte. 'Ik weet waar ik het over heb en ik wens jullie geluk!'

Kaya bedankte de vrouw verlegen.

Toen ze even later de achterdeur naar het restaurant openduwde, glimlachte haar vader naar haar, terwijl hij een grote vis in de pan omdraaide.

'En hoe was het op school?' wilde hij weten.

'Ach, lieve pa,' zei ze, 'dat vraag je elke dag!'

Het moeilijkste van die dag was haar tocht naar de manege. Kaya was bang voor wat haar te wachten stond. Was Dreamy er nog? Was hij al weg ondanks de koppen in de krant? Maar dat verwachtte ze eerlijk gezegd niet van Claudia. Ze was heel aardig en verkocht haar paarden niet als er geen betrouwbare koper was of als de plek, waar het dier terecht zou komen, haar niet beviel. Maar ook de beste plaats waar dan ook, was voor Kaya een slechte plek geweest. Ze zou hoe dan ook haar lieve Dreamy verliezen.

Ze waren er allemaal al. En omdat ze allemaal op andere scholen of in andere klassen zaten, had iedereen wel iets te vertellen: overal was hun actie met grote instemming begroet.

Ze stonden net voor Dreamy's box toen Fritzi een smsje kreeg. *Heeft het Wereld Natuur Fonds al schenkingen gedaan?* stond er en: *Ben ontroerd, Lara.*

'Wat een trut!' siste Reni. 'Volgens mij doet ze dit alleen maar omdat ze van jou verloren heeft, Kaya.'

'Ik denk eerder, omdat ik haar laatst goed de waarheid heb gezegd! En ook nog waar iedereen bij was!'

'Maar het was toch zo!'

'Wou ze soms zeggen dat het niet zo was!'

'Als ik haar een klap zou geven, zou ze er heus wel mee ophouden!' Reni begon warm te lopen.

'Maar dan ben jij geen haar beter dan zij!'

'Maar wel sterker!'

Minka proestte het uit van het lachen, maar zei even later: 'Ze is gewoon een stom, verwend kind met ouders die te veel geld en te weinig verstand hebben.'

'Nu klink je net als mijn oma!'

Ze lachten weer, tot ze Claudia aan zagen komen. Toen verging het lachen hun onmiddellijk.

Claudia keek heel ernstig. 'We gaan in de kantine zitten,' zei ze, terwijl haar blik langs de groep gleed. 'Allemaal!'

De meisjes keken elkaar aan en liepen langzaam achter Claudia aan. Kaya kwam als laatste en bekeek haar vriendinnen van achteren. De een was groot en de ander klein, allemaal verschillend. Cindy, met haar rode haar, en Minka, van wie het haar bij elke stap vrolijk meedeinde. Elk meisje was anders. Kaya was blij dat ze zulke goede vriendinnen had.

In de kleine kantine schoven ze aan de lange tafel aan. Claudia ging aan de kop zitten. 'Ik wil jullie iets vertellen,' begon ze en je kon aan haar gezicht zien dat ze haar kleine toespraak goed had voorbereid. Ze zuchtte diep en vervolgde: 'Er is een uitstekend artikel verschenen in de krant. Een professionele pr-manager zou het niet beter hebben kunnen doen. Je moet je alleen wel afvragen voor wie dit gunstig is en voor wie niet.'

Ze zweeg even.

'Jullie hopen dat het voor jullie nut heeft gehad en dat ik Dreamy zal houden. Eigenlijk werkte de actie mij dus tegen!'

Ze keek de meisjes een voor een aan, maar niemand zei iets.

'Dat betekent dat de actie schadelijk zou kunnen zijn voor mij en voor de manege. Want ik ben in dit verhaal de boze heks die de lieve kinderen hun pony wil afpakken.'

Ze sloegen allemaal hun ogen neer. Dat was natuurlijk zo. Claudia wilde Dreamy afpakken. Ze was inderdaad de boze heks!

Claudia begon weer te praten: 'Maar ik kon jullie niet

vertellen wat ik met Dreamy van plan ben, omdat ik beloofd had dat niemand het zou horen. En ik ken jullie kletstantes maar al te goed!'

Nu protesteerde Fritzi: 'Wij kunnen best een geheim bewaren, Claudia!'

'O ja? Ook als het om de man gaat die Dreamy heeft gekocht?'

Kaya hoorde alleen maar 'heeft gekocht' en ze was bang dat haar hart zou breken. Dan was alles dus toch voor niets geweest. De nacht in de sporthal, het verhaal in de krant, de hele actie was één grote grap.

'Hij komt hier zo binnen, dus gedraag je!'

Alle ogen waren op de deur gericht en weer voelde Kaya een kleine vonk, een sprankje hoop – hoewel ze wist dat het niets kon zijn. Haar moeder had het haar uitgelegd, was daarom extra vroeg opgestaan. Waarschijnlijk had ze de afgelopen nacht geen oog dichtgedaan.

Toen de deur openging, klopte Kaya's hart als een gek. Wie was dat? Ze kende deze man niet. Hij leek iets ouder dan haar vader, had al een beetje grijs haar en had, volledig ongeschikt voor een manege, een grijs pak aan met een stropdas.

'Mag ik jullie meneer Waldmann voorstellen,' zei Claudia. Ze stond op en gaf de man een hand. 'Fijn dat u bent gekomen. Ik zou anders niet hebben geweten hoe ik deze bende lawaaischoppers nog langer in toom moest houden!'

Haar glimlach werd door meneer Waldmann vriendelijk beantwoord.

'Waldmann?' herhaalde Kaya zachtjes. Die naam kende ze toch, maar waarvan?

De man trok een stoel bij en ging naast Claudia zitten. Hij stak meteen van wal: 'Zo, Wilde Amazones! Om het kort te houden: ik heb ook zo'n amazone thuis, maar ze is pas tien. Ze wil haar grote broer achterna! Daarvoor heeft ze een pony met ervaring nodig en aangezien Flying Dream bij de Ponycup zo fantastisch werd gepresenteerd,' – hij knikte even in Kaya's richting – 'hebben we onze keus op hem laten vallen.'

Aan tafel was het doodstil. Niemand zei een woord.

'Aangezien de manege waar mijn zoon rijdt voor een jong meisje totaal ongeschikt is, blijft Dreamy, zoals hij door jullie wordt genoemd, bij Claudia.' Hij knikte de eigenaresse van de manege toe. 'En we hebben natuurlijk een ruiter nodig die hem kan corrigeren. Dreamy krijgt weliswaar geen voortdurend wisselende groep ruiters meer op zijn rug, maar straks in elk geval wel een onervaren, jong meisje. En om ervoor te zorgen dat de pony goed in vorm blijft, moet hij regelmatig door een goede amazone worden bereden.'

Hij zweeg even en staarde naar een trippelende vlieg op de tafel. Toen tilde hij zijn hoofd weer op en keek Kaya recht in haar ogen. 'En we denken dan aan jou!'

Kaya slikte.

'Aan mij?'

'Ja, aan jou!'

Ze had even wat tijd nodig om deze mededeling tot zich door te laten dringen. 'Maar… eh… hoe moet ik eh… moet ik dan voor uw dochter rijden? Als we naar wedstrijden gaan of zo?'

'Dat ook. Maar je moet vooral ook zelf meedoen, zodat hij in de vorm blijft waarin hij nu is. Mijn zoon zegt dat je uitstekend rijdt, ook tijdens buitenritten.'

'Uw zoon? Hoezo…'

'Ik denk dat je Chris wel kent?'

Kaya had moeite haar openhangende mond weer dicht te krijgen.

'Dat heeft als voordeel dat we vanaf nu met één paarden-trailer naar de wedstrijden kunnen rijden.'

In haar hoofd duizelde het. Chris? Een trailer?

'Allemaal samen?' vroeg ze.

'Ja, natuurlijk! Allemaal samen!'

Kaya gleed langzaam onderuit op haar stoel en ging toen weer goed rechtop zitten. Verward en vragend keek ze in het rond. 'Wat vinden jullie?'

'Wat moeten we zeggen?' grijnsde Minka. 'We blijven dus concurrenten! Super!'

'En Dreamy blijft ook onze concurrent!' lachte Reni.

'Als privépaard!' Fritzi klapte in haar handen. 'Dat moe-ten we vieren!'

'Precies. En daarom ben ik ook hier!' lachte meneer Waldmann. 'Vandaag wordt mijn dochter tien! Dat is ook de reden waarom Claudia nog niets mocht zeggen. We wilden Dreamy uitnodigen en hem naar ons huis brengen, waar een groot verjaardagsfeest wordt gevierd. Gaan jul-lie mee?'

'En Dreamy?' vroeg Kaya.

'Mag in de tuin!' Hij knipoogde tegen haar. 'Dat soort tuinen ken je wel!'

Kaya knikte, stond op en vloog met een stralend gezicht Claudia om haar hals. 'Hartstikke bedankt,' zei ze. 'Dan hebben we met onze actie van afgelopen nacht toch een fout gemaakt!'

Claudia schudde haar hoofd en grijnsde. 'Nee hoor. Het was een uitstekende reclamestunt, de telefoon staat niet stil vandaag. Alleen moeten we één ding nog even doorgeven aan de krant…'

'En dat is?' vroeg Kaya.

'Het *happy end*!'

Lees ook

Meneer Waldmann, de nieuwe eigenaar van Dreamy, vraagt Kaya mee op reis. Ze gaan een pony beoordelen waarmee zijn zoon Chris wedstrijden wil gaan rijden. Voor Kaya is dit een buitenkansje: drie dagen samen zijn met de jongen van haar dromen en nog op een kampioen mogen rijden ook! Maar wordt het allemaal wel zo leuk als Kaya het zich voorstelt?